오렌지 카페에 놀러 오세요

오렌지 카페에 놀러 오세요

유리나 장편소설

와우라이프

목차

1장 AI 캐릭터 비서 루리 ··· 009

2장 오렌지 카페 ··· 073

3장 신기한 영상통화 ··· 105

4장 라파에루의 제안 ··· 139

5장 세 가지 아이템 ··· 187

6장 크리스마스의 기적 ··· 225

1장
AI 캐릭터 비서 루리

1

> 오늘 좀 만날래?

예린은 준규에게서 온 DM이 반갑다기보다도 긴장감이 느껴졌다. 준규가 만나자고 하는데 만나지 않을 이유는 없지만, 간단한 DM 내용도 그렇고, 분위기가 만나서 데이트하자는 것 같지는 않았다. 뭔가 느낌이 좋지 않다.

'몸이 안 좋다고 며칠 동안 연락도 뜸하더니 무슨 일이지?'

> 그래. 몇 시에 어디서 만날까?

예린이 답장을 보내자, 준규에게 곧 답이 왔다.

'저녁 8시? 저녁을 같이 먹자는 것도 아니고……'

취업 준비생인 예린은 그날 알바도 없었기 때문에 약속 시간을 기다리는 몇 시간이 무척이나 길게 느껴졌다.

예린은 외출 준비를 하고 집을 나섰다. 퇴근 시간이라 지하철도 거리도 사람들로 가득했다.

'오늘은 왜 카페나 지하철역이 아닌 공원에서 만나자고 한 걸까?'

평소와 다른 준규의 행동이 이상하고 궁금했다. 공원은 사람들로 붐볐고, 약속 시간이 많이 남았지만, 준규는 이미 도착해서 벤치에 앉아 있었다.

예린이 다가가자, 인기척을 느낀 준규가 예린을 보고는 짧게 말했다.

"왔어?"

"왜 여기서 만나자고 한 거야?"

준규의 표정을 살피며 예린이 물었다. 분위기도 그렇고, 준규의 표정도 무척 어두워 보였다.

"그냥. 여기 앉아. 잘 지냈어?"

준규는 그렇게 말하면서 억지로 웃음을 지었고, 예린은 그것이 지어낸 웃음이라는 것을 알 수 있었다. 그런데, 그날따라 얼굴에 뭔가를 잔뜩 바른 듯 준규의 얼굴이 하얗게 보였다. 평상시와는 다른 준규가 낯설게 느껴졌다.

"응. 잘 지냈어. 넌?"

예린의 질문에 준규는 뜸을 들이다 짧게 대답했다.

"나도."

분위기가 이상하게 싸했다. 다른 사람들은 공원에서 웃고 떠들고 있었는데 마치 둘만 작은 섬에 고립된 것 같은 느낌이었다.

두 사람은 한참 동안 말이 없었다. 예린은 준규가 말을 걸어오기만을 기다렸다. 한참 동안 아무 말도 하지 않고 있던 준규가 입을 열었다.

"저기…… 예린아."

그 목소리가 하도 무겁게 느껴져서 예린은 대답 대신에 준규의 눈을 바라보았다. 준규는 예린과 잠시 눈을 마주치고는 깊이 한숨을 내쉬다가 땅을 보면서 말했다.

"헤어지자."

뭔가 좋은 느낌이 들지는 않았지만, 불길한 예감은 그대로 맞아떨어지고 말았다. 준규의 말은 예상했던 것보다 더 충격적이었다. 예린은 망치로 머리를 얻어맞은 것 같았다. 갑자기 사방이 빙빙 도는 것 같았고, 아무 생각도 나지 않았다. 심장이 조여오는 느낌이었고, 숨이 막히는 것 같은 느낌이었다. 예린은 마음을 추스르며 간신히 물었다.

"어째서…… 어째서야?"

준규는 예린과 눈이 마주치는 것을 일부러 피하며 다른 곳을 보고 있다가 대답했다.

"다른 이유는 없어. 그냥 질렸어."

"뭐?"

"너한테 질렸어. 싫증 나서 이젠 그만 만나고 싶어."

예린은 더 이상 할 말이 없었다. 준규는 돌려서 말하지 않고 그렇게 직설적으로 모진 말을 내뱉었고, 그 말이 예린의 심장을 후벼팠다.

"미안해. 아무리 생각해 봐도 예전으로 돌아갈 수 없을 것 같아. 많이 고민하다가 어렵게 얘기한 거야. 정말 미안해. 앞으로는 연락하지 말아 줘."

준규는 그렇게 말하고는 일어나더니 돌아보지도 않고 그대로 뚜벅뚜벅 걸어서 가버렸다. 준규의 뒷모습이 점점 멀어졌다. 그것이 준규의 마지막이었다.

예린은 쓰러질 것만 같았다.

'내가 차인 거야? 준규한테 정말 차인 거야? 영원히 변하지 않겠다고 약속했던 말은 다 어디로 가버린 거야?'

세상의 모든 것이 무너지는 기분이었다. 그리고, 모든 것을 다 잃은 기분이었다. 더 이상 살아 있을 이유도 없어지는 것 같았다.

예린은 한참을 그 자리에 멍하니 앉아 있었다. 핸드폰에는 그렇게 가 버린 준규의 짧은 DM이 도착해 있었다.

> 약속을 지키지 못해서 정말 미안해.
>
> 나를 나쁜 놈이라고 얼마든지 욕해도 좋아.
> 널 차단하지는 않을 테니까 연락은 그만해 주면 좋겠어.
>
> 이 계정을 계속 유지하고 있을지도 모르겠지만······

준규의 말대로 차단은 되어 있지 않았지만, 언팔로우 되어 있었다. 예린은 그제야 준규와 이별이 현실이라는 사실을 절감하면서 소리 내 울었다.

'이렇게 끝나는 거야?'

3년을 키워온 사랑이었는데, 이렇게 끝날 거라고는 상상도 하지 못했었다. 그러나, 이제는 모든 것이 끝이었다.

시간이 지나면 해결될 거라는 생각은 착각이었다. 예린은 틈날 때마다 준규의 SNS 계정을 살펴보았지만, 아무런 변화가 없었다. 그러던 대학교 2학년 두 번째 학기가 끝나갈 무렵에 SNS에 DM이 도착해 있었다.

> 예린아. 나 재훈인데 이거 보면 답장 좀 줘

예린은 DM을 보면서 한참 동안 생각해 보았다.
'재훈이? 재훈이가 누구지?'
갑자기 누군지가 생각나지 않았다.
'혹시 박재훈?'
예린은 갑작스럽게 생각이 나서 답장을 보냈다.

> 너, 박재훈 맞아?

> 맞아, 고2 때 같은 반이었던 박재훈.
> 혹시 통화 좀 할 수 있어?

> 무슨 일인데?

> 아무래도 네가 준규 소식을 가장 궁금해할 것 같아서
> 네 전화번호는 모르고 SNS 계정이 뜨길래 DM 보낸 거야

예린은 준규라는 말에 자신의 핸드폰 번호와 함께 답장을 보냈고 바로 재훈에게 전화가 걸려 왔다. 재훈은 차분한 목소리로 말했다.

"잘 지냈냐? 아니. 참, 잘 못 지내고 있을 텐데…… 미안."

"무슨 일이야?"

"너랑 준규가 헤어졌다는 얘기를 나중에야 늦게 되었어. 혹시 헤어지고 나서 준규에 관해 얘기 들은 거 없었나 해서."

"들은 거…… 없어. 아무것도."

"역시 그렇구나. 사실은 준규가……."

왜 그렇게 재훈의 말투가 느리게 느껴지는지 답답했지만, 예린은 아무 말도 하지 않고, 재훈의 다음 말을 기다렸다.

"준규가 혈액암에 걸렸다는 얘기를 다른 친구한테서 듣게 되었어."

"혈액암? 그게 정말이야?"

예린은 심장이 '쿵'하고 내려앉는 것 같았다.

"다발성 골수종이라고 들었는데, 원래 젊은 사람들은 잘 걸리지 않는 병이래. 그런데, 어쩌다가 준규가…… 아무튼 모르고 있을 것 같아서 연락한 거야."

"너도 준규하고 연락한 적은 없어?"

"응. 궁금해서 전화해 볼까 말까 망설이다가 한번 해 봤더니, 결번으로 되어 있더라."

"그 얘기는 누구한테 들은 거야?"

"태성이한테 들었어."

"오태성?"

"응."

"알았어. 연락해 줘서 고마워."

예린은 전화를 끊고 책상 앞에 우두커니 한참 동안 앉아 있었다. 심장이 두근거리고 떨려서 아무 생각도 나지 않았다.

'혈액암? 준규가 혈액암이라고?'

예린은 겨우 정신을 가다듬고 몇 번을 망설이다가 준규에게 전화를 걸었다. 결번이라는 안내 음성이 나왔다. 핸드폰 번호와 연동된 메신저도 계정이 사라지고, SNS는 활동 정지인 채였다.

갑자기 준규가 너무나도 보고 싶었다. 혈액암으로 고통받고 있을 것을 생각하니 눈물을 계속 흘렸다.

'연락을 다 끊은 걸 보면 상황이 절망적인 거겠지?'

해가 바뀌고, 겨울이 끝나갈 무렵 예린은 재훈에게 전화를 걸어보았다.

"어? 예린이구나. 어쩐 일이야?"

"너, 혹시 태성이 연락처 알아?"

"태성이? 난 모르는데, 다른 친구들한테 연락해 보면 알 수 있을지도 모르겠다."

"그 후에 준규 소식은 들은 거 없어?"

"응. 딱히 들은 건 없어. 내가 태성이 연락처를 최대한 알아볼게."

"고마워. 부탁할게."

2주 정도 시간이 흘렀을 때, 재훈에게서 DM이 왔다.

> 여기저기 연락해서 알아냈어
> 태성이 전번이니까 전화해 봐

'고2 때 같은 반 남자애 중에서는 태성이가 준규와 가장 친했으니까, 태성이라면 틀림없이 준규의 소식을 알고 있을 거야.'

예린은 천천히 태성의 전화번호를 눌렀다. 신호음이 가자 갑자기 긴장되었다.

"여보세요."

"혹시…… 오태성 맞아?"

"맞는데요, 누구세요?"

"나, 예린이야. 이예린."

"어? 예린이라고?"

태성은 약간 당황하는 것 같은 목소리였다.

"어. 잘 지냈지?"

"응. 난 잘 지내."

"네가 준규하고 가장 친했잖아. 그래서 재훈이한테 네 연락처를 알아봐 달라고 부탁했거든. 혹시 뭐, 물어봐도 돼?"

"내 전화번호가 바뀌었어. 준규 때문에 전화했구나."

"응. 혈액암으로 투병 중이라는 얘기는 들었는데, 연락처도 다 사라지고 소식을 알 길이 없어서."

"아, 그게 말이야."

"……."

태성이 쉽게 말하지 않는 것을 보니 병세가 좋지 않을 것 같다는 생각이 들었다.

"나도 말하기 정말 난처하지만 내 연락처를 여기저기 알아보고 일부러 전화해 주었는데, 말하지 않을 수도 없고……."

"뭔데?"

"이제 몇 개월 남지 않았나 봐."

"뭐?"

"집과 병원을 오가면서 투병 중이고 상황이 좋지 않은 것 같아. 나도 통화만 잠깐 했어. 얼굴이라도 한번 보고 싶어서 만나자고 말했지만, 그럴 수 없다고 대답하니까 할 말이 없더라. 나도 아끼는 친구지만 해 줄 수 있는 것이 없어서 마음 아프다. 너야 남자 친구였으니까 나보다 더하겠지만, 이제는 보내줄 준비를 할 수밖에 없을 것 같아."

준규의 소식을 전해 들으니까 더욱 절망스러웠다. 준규가 죽는다니, 준규를 영영 떠나보내야 한다니 정말 생각도 하고 싶지 않았다. 예린은 자기도 모르게 눈물이 나오기 시작했다.

'죽기 전에 한 번이라도 보고 싶어. 단 한 번이라도……'

준규를 다시는 영원히 만날 수 없을 거라고 생각하니, 가슴이 턱 막히고, 누군가가 목을 조르는 것처럼 숨이 막히는 기분이었다. 그리고, 심장이 평상시보다 몇 배, 아니 몇십 배 빠르게 뛰는 것처럼 느껴졌다.

다음 날, 예린은 집에서 가까운 정신의학과에 전화했다. 신호가 한참 동안 이어졌는데도 좀처럼 전화를 받지 않자, 예린은 무작정 병원을 찾아갔다. 아무 생각 없이 엘리베이터에 타고 5층 버튼을 눌렀다. 그런데, 엘리베이터가 올라가기 시작하자 갑자기 가슴이 꽉 조여오는 듯한 기분이 들었다.

'왜, 왜 이러는 거지?'

엘리베이터에 갇혀서 영영 나가지 못할 것 같다는 느낌이 들면서 온갖 두려움이 예린을 사로잡았다.

엘리베이터가 5층에 도착하는 그 짧은 순간이 엄청나게 길게 느껴졌다. 머릿속은 백지처럼 텅 비었고, 몸에는 식은땀이 흘렀다. 그런데 정신의학과는 불이 꺼져 있었고, <오늘 휴진입니다>라는 안내문이 붙어 있었다.

'너무 어지럽고 일어날 기운도 없어.'

예린은 병원 입구에 주저앉아 있다가 비상계단을 통해 겨우 1층으로 내려왔다. 간신히 숨을 고른 후, 집에서 가까운 다른 정신의학과에 전화를 걸었지만, 당일 예약은 불가능했고 최소 5일 정도를 기다려야 한다고 했다.

조금 더 멀리 떨어진 다른 두 곳의 병원에도 문의했지만, 상황은 마찬가지였다. 결국 예린은 처음 전화를 걸었던 병원에 예약할 수밖에 없었다.

  예약한 날, 병원 대기실에는 생각보다 많은 환자가 기다리고 있었고 연령대는 다양했지만, 예린처럼 젊은 층이 많아 보였다. 그때 대기하고 있던 환자 중에서 중년으로 보이는 여자가 간호조무사에게 다가가더니 말했다.
"도대체 왜 이렇게 오래 걸리는 거예요?"
"죄송합니다. 환자분에 따라 상담 시간이 길어지는 경우도 있어서요."
"오래 기다릴 거면 예약하고 오는 의미가 없잖아요?"
  중년 여자는 목소리를 높였다. 간호조무사는 난처한 얼굴로 대답했다.
"죄송합니다. 곧 차례가 올 테니까 조금만 기다려 주세요. 앞에 두 분만 상담하시면 됩니다."
  그런데, 오래 기다린다고 짜증 내던 중년 여자도 정작 의사와 면담하러 들어가더니 20분이 다 되도록 나오지 않았다.

예린은 대기 시간 동안 핸드폰을 보며 시간을 보내고 있었다. 그런데, 핸드폰이 오래돼서 그런지 앱 하나 열리는 데 시간이 오래 걸렸다.

'왜 이렇게 오래 걸리는 거야? 폰을 바꾸어야 하려나?'

핸드폰을 보면서 한숨을 쉬고 있는데, "이예린 님. 원장실로 들어가시기 바랍니다."라는 안내 음성이 들렸다.

예린이 핸드폰에 신경 쓰느라고 듣지 못하자, 간호조무사가 다시 말했다.

"이예린 님. 들어가세요!"

"아, 네……."

예린은 원장실로 들어가면서 인사를 했다.

"안녕하세요."

두꺼운 안경을 쓰고 있는 남자 원장이 예린과 마주 보며 물었다.

"무슨 일로 오게 되었나요?"

"요즘 잠도 잘 안 오고, 누가 가슴을 짓누르는 것처럼 답답하면서 숨도 잘 안 쉬어져요."

"가슴이 어떻게 답답합니까?"

"꽉 막힌 것 같은 기분이에요. 심장도 엄청나게 빨리 뛰고요. 그게 너무 힘들어서 금방이라도 죽을 것 같아요."

"또 다른 증상은 없습니까?"

"며칠 전에는 엘리베이터를 탔는데, 몇 층 잠깐 올라가는데도 숨이 꽉 막히고, 어지럽고, 갇혀서 영영 못 나갈 것 같은 기분이 들더라고요."

"언제부터 그러신 겁니까?"

예린은 남자 친구가 혈액암에 걸렸다는 소식을 듣게 된 이후부터라고 말했다.

"자살 충동도 느끼시나요?"

예린은 의사의 질문을 받고 생각해 보았다. 그런 적이 있었다. 며칠 전 태성과 통화 후 아파트 베란다에서 뛰어내리고 싶다는 생각이 들기도 했었다.

2

예린은 그때의 심정을 생각하면서 대답했다.

"네. 베란다에서 뛰어내리고 싶다는 기분이 들 때도 있었어요."

"지금 불면증과 우울증, 공황장애 모두 증상이 있습니다. 오늘은 2주 분만 처방해 드릴 테니까 꼬박꼬박 드세요. 하루에 한 알씩만 드시고요, 정량 초과해서 드시면 안 됩니다."

예린은 상담을 마치고 처방전을 받아 병원을 나왔다. 병원에는 여전히 열 명이 넘는 환자들이 앉아서 대기하고 있었다.

'예약이 힘든 것도 그렇고, 병원마다 환자들이 저렇게 많단 말이야?'

예린은 간신히 집으로 돌아왔다. 그리고 소파에 앉자마자 앱이 빨리 열리지 않을 때는 어떻게 해야 하는지 오렌지폰 커뮤니티에 들어가서 검색했다. 초기화하거나 메인보드를 교체해 보고 그래도 안 되면 휴대폰을 교체해야 한다는 내용이 많았다.

초기화나 메인보드를 교체하면 자료를 백업하고 앱마다 일일이 로그인하거나 설정을 다시 해야 하는 것도 번거로웠다. 고민하고 있는데, 핸드폰 커뮤니티에 공지 사항이 눈에 띄었다.

오렌지 컴퍼니 한국 지사에서

출시할 오렌지 폰 3의 체험단을 모집합니다.

 추첨을 통해 체험단을 선정하며, 베스트 리뷰어에게는 오렌지 폰 3를 증정한다는 내용이었다. 예린은 선정되지 않아도 그만이라는 생각으로 체험단 신청을 했다. 며칠 후 오렌지 본사에서 문자 메시지가 왔다.
 예린은 하루하루가 너무 고통스러워 체험단 신청을 한 사실도 까맣게 잊고 있었다.

이예린 고객님, 오렌지 폰 3 체험단에 선정되신 것을 축하합니다.
○월 ○일까지 오렌지 스토어 홍대점에 오셔서 기기를
받아 가시기 바랍니다. 한 달 동안 체험단 활동을 활발하게 하시는 분은
오렌지 폰 3의 주인이 될 수도 있으니, 참고해 주시기를 바랍니다.

'뭐야? 내가 정말 뽑힌 거야?'

마침, 핸드폰을 바꿔야 하나 싶던 참인데, 한 달만이라도 새 휴대폰으로 체험단 활동을 하면 좋겠다는 생각이 들었다.

며칠 후, 예린은 오렌지 스토어 홍대점을 찾아갔다. 매장 입구는 오렌지 로고가 새겨져 있었고, 젊은 세대의 취향에 맞게 매장 안은 알록달록 예쁘게 꾸며져 있었다.

여자 직원이 두리번거리고 있는 예린에게 다가오며 물었다.

"고객님, 어디 찾으세요? 도와드릴까요?"

"오렌지 폰 3 체험단에 뽑혀서 찾으러 왔어요."

"그럼, 제가 안내해 드리겠습니다. 성함과 휴대폰 번호 말씀해 주시겠어요? 그리고, 신분증도 부탁드릴게요."

예린은 핸드폰을 꺼내 모바일 신분증 앱을 열어 보여주려 했지만, 잘 열리지 않았다.

'왜 이렇게 안 열리는 거야?'

간신히 앱을 열고 모바일 신분증을 보여주자, 직원은 확인하고 나서 잠시 기다리라고 말한 뒤, 새로 나온 오렌지 폰 3를 예린에게 내밀었다. 예린은 새 휴대폰을 받으면서 물었다.

"정말 체험단 활동 열심히 하면 핸드폰을 제가 가질 수도 있나요?"

"네. 리뷰 활동을 활발하게 하시는 분에게 오렌지 폰 3를 드릴 거예요."

"아, AS는 어디서 받나요?"

"저쪽으로 가시면 됩니다. 그리고, 출입구 옆 건물에 오렌지 카페가 있는데요, 지금 받으신 핸드폰을 보여주시면 체험단 분들께는 음료 한 잔을 무료로 드려요. 시간되시면 한번 가 보세요."

예린은 직원에게 인사를 하고는 AS 접수를 마친 후, 자신의 차례가 되자 휴대폰을 내밀며 말했다.

"저, 제 폰이 엄청 느려져서 그러는데요."

"핸드폰을 줘 보시겠습니까?"

"네."

매니저는 예린의 핸드폰을 한참 살펴보더니 물었다.

"메인보드 교체나 초기화해 보신 적 있으신가요?"

"아뇨. 한 번도 없어요."

"일단 확인을 해 봐야 알 수 있지만 초기화하면 앞으로 1년 정도는 쓰는 데 문제없을 거예요."

"그러면, 자료 백업은 어떡하죠?"

"자료 백업하는 데 동의해 주신다면 오늘은 제가 도와드릴게요."

"오래 걸릴까요?"

"한두 시간 정도 걸릴 거예요."

"그럼, 다른 데 갔다가 올게요. 부탁드립니다."

예린은 핸드폰을 맡기고 직원이 알려준 오렌지 카페로 갔다. 2층에 있는 오렌지 카페는 카페 문부터 시작해 테이블과 의자까지 온통 오렌지색으로 인테리어가 되어 있었다.

"저, 오렌지 폰 3 체험단인데요……."

그렇게 말하면서 오렌지 폰3의 박스를 보여주자, 직원이 대답했다.

"오렌지 에이드 한 잔 받으실 수 있어요. 바로 준비해 드릴게요."

예린은 음료를 받아 들고, 거리의 풍경이 잘 보이는 자리에 앉았다. 통유리창 너머로 보이는 거리의 모습을 보고 있으니까, 예전에 준규와 데이트했던 생각이 났다.

'그래. 그때 준규와 함께 라인 프렌즈샵에도 가고, 카카오 프렌즈샵에도 가고 홍대 쪽에 자주 놀러 왔었지.'

언제나 밝게 웃으면서 긍정적인 말을 해 주는 준규 덕분에 힘들었던 고등학교 시절의 절반은 잘 넘길 수 있었다.

대학에 진학하면서 준규는 K대로, 예린은 H대로 진학한 데다가 예린의 집은 연신내로, 준규의 집은 분당으로 이사했기 때문에 물리적으로 거리가 멀어졌다. 그래도 준규는 예린을 만나기 위해 홍대 쪽으로 자주 찾아와 주었고 헤어질 때면 꼭 연신내 쪽으로 바래다주고, 집으로 돌아가곤 했다.

그랬던 준규를 이제는 다시 볼 수 없다고 생각하니 또 우울한 기분이 들기 시작했다.

예린은 한참 동안 준규와의 시간을 추억하다 오렌지 폰 3의 여러 기능을 살펴보기 시작했다. 색상이나 디자인도 마음에 들었지만, 셀카를 찍어보니 카메라도 무척 성능이 좋은 것 같았다. 그러다 '루리'라는 앱이 눈에 띄었다. 루리는 구형 오렌지 폰의 음성 비서 이름이었다.

"루리야!"라고 부르면서 원하는 것을 말하면 비서 역할을 해 주었는데, 목소리도 무척 귀여웠다.

'그런데, 왜 이 앱이 따로 있는 거지?'

'루리' 앱을 터치하자 다음과 같은 글씨가 뜨더니 루리의 캐릭터가 나타났다.

루리를 이제 이미지로 만날 수 있습니다.
루리를 활성화해 놓으면 주인님이 부를 때뿐만 아니라
외로울 때나 위험에 처했을 때 언제든 만나실 수 있습니다.
루리를 캐릭터 이미지로 만날 수 있도록 앱을 활성화하시겠습니까?

'무슨 말이야? 나중에 비활성화하면 되니까 일단 활성화해 놓자.'

예린은 오렌지 폰 3에 필요한 앱을 설치하면서 카페에서 몇 시간을 보낸 후 AS 센터를 찾아갔다. 자료 백업과 수리에 시간이 더 필요하다고 해서 며칠 후에 다시 찾아오기로 했다.

예린은 오렌지 한국 지사에서 정해준 사이트와 커뮤니티에 오렌지 폰 3와 워치의 사용 리뷰를 작성했다. 한 달 동안 체험단 활동을 열심히 해서 꼭 오렌지 폰 3를 갖고 싶었다.

그 사이 학교는 종강을 했다. 종강하면 마음이 편해지고 여유로워질 것 같았는데 막상 집에서 며칠 동안 지내보니 그렇지 않았다. 오히려 준규의 상태에 대한 궁금증과 여러 가지 복잡한 생각이 들면서 잠이 잘 오지 않았다.

수면제 덕분에 며칠은 잠이 잘 오는 거 같았는데, 이제는 수면제를 먹어도 잠이 빨리 오지 않았고, 날이 밝을 때까지 밤을 새우기 일쑤였다.

몸은 피곤하고 당장 쓰러져서 잘 것 같은데도 침대에 누우면 눈이 말똥말똥하고 잠이 오지 않으니 죽을 것만 같았다. 며칠 동안 계속 잠을 못 자니까 괴로워서 견딜 수가 없었다.

'이러다가 미치거나 죽는 거겠지? 자고 싶어. 제발 잠들고

싶단 말이야!'

결국, 날이 밝고 나서야 겨우 잠이 들었지만, 그나마도 계속 악몽을 꾸고 자다 깨기를 반복하다 보니 자고 일어나도 잔 것 같지가 않았다.

예린은 휴학계도 내고 아무래도 사람들이 북적이는 곳에 가면 조금 나을 것 같다는 생각에 집을 나섰다.

그런데, 지하철을 타고 가는 도중 예린은 가슴이 점점 죄어오는 듯한 느낌이 들었다. 6호선을 타고 가다가 합정역에서 홍대입구역으로 갈아탈 생각이었으나, 합정역에 가까워졌을 때 갑자기 숨이 막히는 듯한 기분이 들었다.

'숨이 막혀서 죽을 것 같아.'

지하철이 합정역에 멈추고 문이 열리자마자 예린은 헐레벌떡 내렸다. 지하철에서 빠져나오자, 숨이 겨우 쉬어지고 살 것 같았다.

'앞으로는 지하철도 못 탈 것 같아. 강바람이라도 쐬면 좀 나아질까?'

핸드폰을 꺼내서 지도를 살펴보니, 합정역에서 한강이 멀지 않았다.

예린은 온몸에 기운이 빠져 힘없이 양화대교 쪽으로 걸어갔다. 저녁 8시가 넘은 시간이라 한강 변에도 어둠이 짙게 깔려 있었다. 예린은 양화대교 중간에 서서 흘러가는 한강을 내려다보았다.

'여기서 뛰어내리면 모든 고통이 사라질까?'

그런 생각을 하고 있는데, 별안간 오렌지 폰에서 진동이 길게 울리면서 오렌지색 불빛이 반짝였다.

'뭐지? 이 불빛은?'

불빛이 계속 깜빡거리더니, 어디선가 목소리가 들렸다.

"주인님, 그건 나쁜 생각이에요!"

예린이 주위를 둘러보는데 소리가 또 들렸다.

"핸드폰을 보세요!"

오렌지 폰 3 화면에 귀여운 소녀 캐릭터가 나타났다. 그러고는 마치 애니메이션에 나오는 캐릭터처럼 손발과 입을 움직여 사람인 것처럼 말했다.

"저예요, 주인님!"

"주인님?"

"네, 제 주인님이시잖아요. 저는 루리라고 해요!"

"루리?"

"아, 맞다. 내가 루리 앱을 활성화시켜 놓았었지?"

"그래서 제가 나타난 거예요. 주인님의 상태가 좋지 않은 것 같아서요."

"그걸 네가 어떻게 알아?"

"오렌지 폰 3는 핸드폰을 손에 들고 있을 때 주인님의 심박 수나 혈압 같은 것을 자동으로 측정하는 기능도 있고, 루리 앱을 활성화해 놓으면 기분이나 심리 상태 같은 것을 체크하는 기능도 있어요."

"내 기분이 어떤 것 같은데?"

"아무 의욕이 없으신 것 같아요. 그래서 주인님을 도와드리고 싶어요."

"고맙긴 한데 너에게 도움받는 일은 아마 없을 것 같아."

"어째서죠?"

"체험단 활동이 끝났는데도 아무 연락이 없는 걸 보니까

반납해야 할 것 같아. 반납하고 나면 너하고 얘기할 일도 없을 테니까."

"그렇지 않아요. 예린 님은 제 주인님이 맞으세요. 이 오렌지 폰 3의 주인이 되셨기 때문에 제가 나타난 거예요."

"내 이름은 어떻게 알고 있는 거야?"

"체험단 활동 시작할 때 예린 님의 정보를 입력해 놓았으니까요."

"뭐?"

"혹시 메시지는 확인해 보셨나요?"

메시지 함에는 오렌지 고객센터에서 온 메시지가 도착해 있었다.

축하합니다! 이예린 고객님.

고객님은 최우수 체험단으로 선정되셨습니다.

그동안 체험으로 사용하시던 오렌지 폰 3를 증정합니다.

체험단 활동에 감사드리며, 잘 사용하시기를 바랍니다.

'어? 내가?'

그때 루리가 말했다.

"주인님, 반가워요."

"오렌지 폰은 음성 기능만 있었는데, 오렌지 폰 3는 캐릭터 이미지랑 마주 보며 대화할 수 있는 기능이 있는 거야? 목소리만 듣다가 볼 수 있는 게 뭔가 신기하네."

"이 기능은 예린 님의 휴대폰에만 설치되어 있어요. 오렌지 폰 3 모든 제품에 아직은 완전히 설치되어 있지는 않아요."

"그건 무슨 말이야?"

"주인님께서는 비서 기능을 포함해 친구 기능과 이미지 기능이 시범적으로 추가된 핸드폰을 갖게 되신 거예요."

"정말이야?"

"주인님. 만나서 정말 반가워요."

"주인님보다는 그냥 예린 님이라고 불러 줄래?"

"네, 예린 님. 앞으로 저하고 즐겁게 대화 많이 해요."

"난 그다지 즐겁지 않아. 하루하루 사는 것이 힘들거든."

"우울증이나 공황장애는 치료하면 나을 수 있어요."

"질병이야 치료하면 낫지만, 내가 사랑하는 사람이 죽어가는데, 살릴 수 있는 건 아니잖아?"

"누구를 살리고 싶은데요?"

"내 남자 친구."

"남자 친구가 죽어가고 있나요?"

예린은 지금까지 있었던 일을 루리에게 얘기해 주었다. 루리는 예린의 말을 다 듣고 물었다.

"그러니까 남자 친구가 시한부 생명이네요."

"맞아. 지금 어떤 상태인지도 알 수 없고, 연락도 할 수 없어서 너무 답답해. 보고 싶기도 하고."

"병명이 뭐라고 했죠?"

"혈액암 중에서 다발성 골수종이야."

"잠깐만요. 검색 좀 해 볼게요."

루리가 화면에서 사라졌다가 다시 나타나 말했다.

"아직 희망을 버릴 때는 아니에요."

"정말?"

"다발성 골수종은 생존 기간이 진단받은 후로부터 4년에서 10년이에요. 생존율이 높은 건 아니지만, 아직은 절망할 필요 없어요."

"생존율이 낮다면 치료하기 힘든 거 아니야?"

"물론, 쉽지 않겠죠. 그렇지만 방법이 없지는 않아요."

"방법이 뭔데?"

"그보다 주인님, 아니 예린 님을 먼저 치료해야 해요."

"지금 약을 처방받아서 먹고 있기는 해. 물론, 최근에는 약을 먹으면서도 잠이 잘 오지 않아서 힘들었지만."

"마음의 병은 마음먹기에 따라 치료하기 쉬울 수도 있어요. 빨리 치료받을 방법도 있고요."

"그게 무슨 말이야?"

"핸드폰 기본 앱 중에 라파 앱이 있을 거예요."

"라파?"

"카메라 앱인데, 마음을 치료하는 앱이에요."

"마음을 치료하는 앱?"

3

"네. 맞아요."

"오렌지 폰 3에는 이런 앱이 다 깔려 있는 거야?"

"아니에요. 이 앱도 예린 님의 핸드폰에만 깔려 있어요."

"어째서 내 핸드폰에만?"

"그 이유는 저도 알 수 없지만, 예린 님이 힘들어하는 문제를 해결할 기회죠."

"잠깐. 그 앱에 들어가 볼게."

라파 앱을 터치하자, 모델의 표정이 대비해 나타났다. 한쪽은 어둡고 칙칙한 표정이지만, 다른 한쪽은 밝고 환한 표정을 짓고 있었다. 그리고 이런 글씨가 작게 씌어 있었다.

당신의 마음은 얼마든지 새로워질 수 있습니다.

화면 하단에는 좀 더 큰 글씨로 '지금 체험하기'라고 씌어 있었다. 어둡고 칙칙한 표정과 밝고 환한 표정을 대비시켜 놓은 것은 앱 사용을 통해 마음이 새로워질 수 있다는 의미인 것 같았다.

'이까짓 카메라 앱으로 마음이 바뀐다고? 이걸로 우울증이나 공황장애를 치료할 수 있단 말이야?'

그때, 화면에 루리가 나타나면서 말했다.

"예린 님, 앱 보니까 어때요?"

"이런 앱이 무엇을 바꿀 수 있다는 거야?"

"물론 그런 생각이 드실 거예요. 그렇지만 제 말을 한 번 믿어보시면 어떨까요?"

마음속으로 '아바타 같은 너의 존재를 믿으라고?'라고 생각한 것을 아는 것처럼 루리가 다시 말했다.

"손해 보실 건 없을 거예요. 절실한 마음으로 믿는 것이 모든 것을 바꿀 수 있어요."

물론, AI로 만든 캐릭터나 카메라 앱 따위를 믿을 생각은 없었다. 그러나, 루리의 말대로 손해 볼 것도 없을 것 같았다. 사용하다가 별거 없으면 지우든지 쓰지 않으면 될 일이었다.

예린은 루리가 말한 대로 '라파' 카메라 앱을 사용해 보기로 했다.

"라파 앱은 회원 가입하고 사용해야 해요. 몇 가지만 입력하면 될 거예요."

예린은 회원 가입을 했다. 뭔가 엄청난 정보를 입력해야 하는 것은 아니고 이름과 성별만 기재하면 되는 것이어서 간단했다. 회원 가입 후 두 가지 표정의 얼굴 밑에 '지금 체험하기'라고 씌어 있는 글씨를 터치했다. 그러자 다시 안내 글이 나타났다.

이 앱에는 신의 능력이 들어 있습니다.
지금부터 변화를 위해 꾸준히 노력하신다면 당신은
새롭게 태어날 수 있습니다. 이제부터 금해야 할 것은
부정적인 말과 마음, 찌푸린 얼굴입니다. 먼저 밝은 미소를 지으며
폰 카메라에 담아 보세요. 그리고, 긍정적인 마음을 갖고,
긍정적인 말을 반복적으로 사용하세요.

'뭐야? 카메라 앱이 아니라 마음 수련시키는 앱인가?'
안내 글이 사라지더니 굵은 글씨가 나타났다.

이제부터 카메라로 셀카를 찍어보세요.

  그러더니, '지금 찍어 보기'라는 글씨가 나타났다. 예린은 핸드폰 하단 가운데 카메라 모양이 그려져 있는 동그란 부분을 터치했다.

  '얼마나 잘 나오는지 찍어보자.'

  예린은 무표정한 얼굴을 하고 각도를 바꿔 가면서 몇 번을 더 찍었다.

  '어떻게 나왔나 볼까?'

  그런데, 앨범에는 사진이 저장되어 있지 않았다.

  '어떻게 된 거지? 다섯 장은 찍은 것 같은데 왜 한 장도 없는 거야?'

  예린은 앨범을 다시 찾아보았지만, 최근 항목에도 다른 카테고리에도 조금 전에 찍은 사진은 한 장도 없었다. 그때 핸드폰 화면에 메시지가 떴다.

< 이예린 님의 멘탈 스탯은 100점 만점에 현재 0입니다 >

'다시 찍어 볼까?'

예린은 마음속으로 숫자를 세며 자세를 바꿔가면서 열 장의 사진을 찍었다. 그런데, 이번에도 앨범에 저장된 셀카는 한 장도 없었다.

'어떻게 된 거야? 이 카메라 앱 진짜 이상하네?'

예린은 한 번만 더 찍으려고 카메라 앱을 열었다. 그런데, 화면 하단에 작은 글씨로 써진 글이 보였다.

웃지 않거나 무표정한 얼굴, 찡그린 얼굴은 찍히지 않습니다.
사진을 남기고 싶으면 꼭 밝은 표정으로 웃으면서 찍어 주세요!

'뭐야? 억지로 웃으라는 거야?'

생각할수록 이상한 앱이었다. 웃지 않으면 찍히지 않은 카메라 앱이 어디 있단 말인가? 그런 핸드폰도, 앱도 있다는 얘기를 들어본 적이 없었기 때문에 이해할 수 없었다.

'내가 지금 힘든데, 어떻게 웃으라는 말이야?'

어이가 없어 더 이상 셀카 따위는 찍고 싶지 않았지만, 예린은 웃으면서 사진을 찍으면 정말 앨범에 남는지 확인해 보고 싶었다. 다시 라파 앱을 열어 카메라에 비친 자기 얼굴을 바라보았다.

'억지로라도 웃으면 사진이 찍힌다는 거지?'

그렇지만, 지금까지 있었던 여러 가지 일들을 생각하니 도저히 웃는 얼굴을 할 수가 없었다.

'마음이 슬프고 너무 아픈데, 어떻게 웃어?'

예린은 아무래도 억지로 웃는 것이 안 될 것 같아서 포기하려고 했다. 그래도 그 카메라 앱이 진짜 사진이 찍히는 앱인지 확인은 해보고 싶었다.

최근에 봤던 영화 중에서 웃기는 장면을 떠올리며, 세 장을 찍고 나서 핸드폰의 앨범을 열어보았다.

'어?'

사진은 앨범 안에 들어 있었다. 그것도 세 장 모두.

억지로 지은 웃음이라 자연스럽지는 않았지만, 웃고 있는 예린의 모습이 핸드폰 앨범 속에 담겨 있었다.

'진짜 억지로라도 웃으니까 찍히네?'

자신의 사진을 들여다보고 있는데, 라파 앱 고객센터에서 보낸 메시지가 도착했다.

예린 님.

라파 앱을 처음 사용하신 것과 첫 번째 사진 촬영을 축하합니다.

앞으로 매일 라파 앱으로 셀카를 찍으며,

웃는 연습을 해 보시기 바랍니다.

그리고, 날마다 긍정적인 말을 해 보세요.

말의 힘은 강하기 때문에 말하는 대로

예린 님의 인생은 바뀔 것입니다. 이 메시지를 무시하지 않고

꼭 실천하면 예린 님의 표정과 인생이 달라질 것입니다.

달라질 미래를 생각하면서 힘내세요!

그때 핸드폰에 메시지가 또 울렸다.

< 이예린 님의 현재 멘탈 스탯은 0.5입니다 >

'뭐야? 아주 조금 올라갔네?'

예린은 그렇게 말하면서 핸드폰을 가방에 집어넣으려고 하는데 루리가 핸드폰 화면에 나타났다.

"예린 님!"

"루리구나."

"사진 찍어보셨어요?"

"응. 희한한 건 웃지 않았더니 그 앱으로는 사진이 찍히지 않았더라고. 웃기는 영화의 한 장면을 생각하면서 정말 억지로 웃었어."

"사진 보니까 어떠세요?"

"억지로 웃어서 그런지 엄청 부자연스럽더라."

"그래도 잘하셨어요."

"정말 이런 앱으로 내가 치료될까?"

"그건 앞으로 사용해 보시면 알 거예요. 그 앱으로 꾸준히 셀카를 찍어 보세요. 물론, 병원에서 처방받은 약도 꼭 함께 드시고요."

"계속 억지로 웃어야 한다는 얘기네?"

"그러다 보면 언젠가는 자연스럽게 웃게 되지 않을까요?"

"그럴까?"

"그럼요."

예린은 루리의 말이 별로 공감되지 않았다. 앞으로 웃을 일이 생길 것 같지도 않고, 굳이 억지로 웃고 싶은 생각도 없기 때문이었다.

'준규와 함께 이 야경을 본다면 얼마나 좋을까? 잠깐만이라도, 정말 아주 잠깐이라도 볼 수 있으면 좋겠어.'

준규의 얼굴조차 다시는 볼 수 없을 거라는 생각 밖에 들지 않았다. 예린은 한강의 야경을 뒤로 하고 쓸쓸히 발걸음을 돌렸다.

집으로 돌아온 예린은 오늘 일을 생각해 보았다. 체험단 활동을 하던 오렌지 폰 3를 갖게 되었고, 가상 인간 같은 루리라는 존재와 이런저런 얘기도 해 봤고, 또 생전 처음 들어보는 라파 앱으로 사진도 찍었다. 하루 동안 많은 일이 일어났다.

예린은 머리를 다 말리고 침대에 누워 핸드폰에 대고 조그

많게 말했다.

"루리야, 뭐해?"

핸드폰 속 AI 비서에게 날씨를 묻거나 음악을 틀어달라는 명령은 전에도 많이 했지만, 뭐하냐고 물어본 것은 처음이었다. 루리는 기다렸다는 듯 바로 핸드폰의 화면에 나타나면서 대답했다.

"네, 예린 님. 저는 늘 대기 중입니다."

"너는 음…… 잠은 안 잘 테고, 쉬는 시간도 없는 거지?"

"물론이죠. 핸드폰 전원이 꺼지지 않는 한 늘 24시간 근무에요. 예린 님은 피곤하신가요?"

"응. 그렇기는 한데, 잠이 빨리 올 것 같지는 않아."

"심심하면 얼마든지 저에게 말을 걸어도 괜찮아요."

"잠이 오지 않으면 다시 말을 걸게."

"네. 참고로, 1분 이상 대화가 끊기면 저는 화면에서는 사라져요. 그렇지만, 제 이름을 부르시면 바로 나타나니까 언제든지 불러 주세요."

"그럴게."

예린은 다시 라파 앱을 열었다. 핸드폰에 자신의 얼굴을 비춰보았다. 예전에는 생기 있고 밝은 얼굴이었는데, 지금은 무척 초췌한 모습이었다.

'하기는 불면증에다 우울증, 공황장애까지 있으니…….'

최근에는 밤에 혼자 있는 것도 두렵고, 가슴이 답답하면서 숨이 막힐 것 같은 기분이 들었다. 증세가 점점 많아지고 심해지는 것 같았다.

예린은 두려움을 이겨내려고 카메라 앱을 열어 억지로 웃어 보려 했지만, 웃음이 잘 지어지지 않아 촬영 버튼을 터치하려다 말았다.

'에이. 찍어서 뭐해!'

그때 핸드폰 화면에 글씨가 나타났다.

마음속으로 '나는 기쁘다! 나는 행복해질 수 있다!
나는 이겨낼 수 있다!' 외치면서 화면을 보고 웃어 보세요!

'이걸 억지로 하라고?'

예린은 도저히 할 수 없을 것 같아서 핸드폰을 내려놓으려다가 다시 생각했다.

'그래. 한 번만 해 보자. 나는 기쁘다! 나는 행복해질 수 있다! 나는 이겨낼 수 있다!'

예린은 마음속으로 외치고는 어색하게 웃으면서 촬영 버튼을 눌렀다.

'이게 찍혔을까?'

그런데, 이번에도 예린의 사진이 앨범에 들어 있었다. 예린은 거듭 확인하고 싶은 마음에 무표정한 얼굴과 찡그린 얼굴, 화난 얼굴로도 셀카를 찍어보았다. 그런데 신기하게도 웃지 않고 찍은 사진은 한 장도 들어있지 않았다.

'무슨 이런 앱이 다 있어?'

몇 번이나 반복해 사진을 찍었지만, 결과는 마찬가지였다.

'별 희한한 앱이 다 있네? 아니, 핸드폰 자체가 희한해.'

예린은 약을 먹고, 침대에 옆으로 누운 채 핸드폰에 깔린 앱을 이것저것 열어보다가 잠이 들었다. 눈을 떠 보니까 아침이었다.

'어? 아침이네? 언제 잠이 들었지? 어제는 왠지 빨리 잠이 든 것 같네?'

기억이 잘 나지는 않았지만, 어쩐지 그런 기분이 들었다. 베개 옆에는 오렌지 폰 3가 놓여 있었다.

'맞아. 그 이상한 앱으로 사진을 찍었었지?'

예린은 다시 확인해 보고 싶어서 핸드폰을 열었다. 억지로 웃는 얼굴로 찍힌 사진들이 앨범에 여전히 담겨 있었다.

그러고는 핸드폰에 대고 말했다.

"루리야!"

그러자, 핸드폰 화면이 밝아지더니 바로 루리가 나타나면서 대답했다.

"네, 예린 님!"

"잘 잤니?"

"음…… 저는 잘 있었어요."

"잠에서 깨니까 어제 있었던 일이 진짜였나 하는 생각이 들어서 불러봤어."

"그러셨군요. 그런데, 예린 님은 수면 부족 지수가 높아서 더 주무시는 게 좋을 것 같아요."

"내가 수면 부족인 걸 어떻게 알아?"

"저는 예린 님의 건강 상태가 실시간으로 확인되거든요."

"그래?"

"네. 아마도 헬스 모드가 활성화되어 있을 거예요."

"그럼, 다른 오렌지 폰 3에서도 헬스 모드를 활성화하면 건강 상태를 알 수 있는 거야?"

"모든 오렌지 폰에 루리는 있어요. 그렇지만, 캐릭터가 없는 오렌지 폰 3에서는 루리가 메시지로만 건강 상태를 요약해서 보내 줘요. 이렇게 캐릭터로 나타나는 것은 예린 님의 폰에서만이에요."

"내가 특별한 폰을 뽑은 거네?"

"맞아요. 그 덕분에 이런 모습의 저를 만날 수 있게 되었다고나 할까요?"

"어쨌든 네가 있어서 뭔가 심심하지는 않은 기분이야."

"다행이에요."

"수면이 부족하다고 하니까 조금 더 자야겠다."

예린은 핸드폰을 베개 옆에 놓아두고 다시 누웠다. 계속해서 수면 부족에 시달려서 그런지 눈이 감겼다. 다시 잠이 들었고, 눈을 떠 보니 오전 11시가 되어가고 있었다.

'오늘은 왠지 푹 잔 것 같아.'

전에도 눈을 떠도 그다지 배가 고프지 않았는데, 오늘은 배고픔을 느꼈다.

'뭘 먹을까?'

예린은 냉장고를 열었다. 날마다 대충 먹고 살았기 때문에 먹을 것이 별로 없었다. 식사를 제대로 하지 않아 살이 빠져 날씬한 몸매를 유지했는지 몰라도 예린의 얼굴은 스스로 보기에도 건강한 아름다움과는 거리가 멀었다.

퀭하면서 총기 없는 눈빛과 잔뜩 빠진 볼살은 심각한 병에 걸린 환자처럼 보였다. 이건 육체의 병이 아니라 마음의 병일 뿐이다. 하지만, 이 상태가 계속되면 육체에도 어떤 질병들이 공습해 올지 모르는 일이었다.

며칠 후, 예린은 정신의학과 예약일이 되자 병원에 갔다. 역시 그날도 병원 안은 환자들로 가득 찼다.

"이예린 님. 진료실로 들어가시기 바랍니다."

예린은 진료실 문을 열고 들어가서 의사에게 인사를 했다. 의사는 예린에게 물었다.

"요즘은 좀 어때요? 약이 효과가 좀 있었나요?"

"처방해 주신 약은 꾸준히 먹고 있는데 아직은 별 차이는 없어요. 저, 그런데, 갑자기 궁금한 게 있어서요."

"말씀하십시오."

4

예린은 의사를 바라보면서 물었다.

"신체의 질병과 마음의 질병은 별개인가요?"

"음, 그것은…… 이예린 님의 몸과 마음이 따로인지 생각해 보시면 됩니다."

"따로…… 인 것 같지는 않아요."

"그렇죠? 육신과 정신이 분리되어 있지는 않죠? 그러니까 서로 영향을 받을 수밖에 없는 겁니다. 몸이 아프면 마음도 지쳐 병들게 되어 있고, 반대로 마음이 아프면 몸도 면역력이 떨어지면서 신체적인 질병도 찾아오는 것이 일반적이죠. 요즘 식사는 잘하십니까?"

"그냥 뭐…… 대충 먹어요."

"계속 그런 생활을 하면 더 힘들어질 겁니다. 물론, 우울증이나 공황장애 증세가 있는 분들이 잘 먹는 것이 쉽지는 않을 거예요. 그래도 잘 드시도록 노력해야 합니다."

예린은 병원을 나오면서 생각했다.

'먹고 싶지 않은데 어떻게 억지로 먹냐고!'

예린은 병원에서 나와서 집으로 바로 갈지, 밖에서 저녁을 먹고 갈지 한참 동안 고민했다.

'이예린. 너는 공황장애만 있는 것이 아니라 선택 장애도 있구나. 뭘 그렇게 망설여?'

예린은 핸드폰으로 근처에 갈만한 음식점이 있는지 검색하다가 루리를 불렀다.

"루리야!"

"네, 예린 님!"

"밖에서 저녁을 사 먹을까, 집에 가서 저녁을 먹을까 고민 중이야."

"먹고 싶은 음식이 뭔지를 생각해 보면 되지 않을까요?"

"딱히 먹고 싶은 건 없는데, 그나마 마제소바가 땡기네."

"그건 집에서 만들어 먹기는 어려운 음식 아니에요?"

"응. 그렇지. 돈이 아깝기도 하고, 어차피 면이니까 그냥 컵라면 먹어도 될 것 같아서 고민이 돼."

"그런 걸로 너무 고민하지 마세요. 예린 님은 마제소바 한 그릇쯤 드셔도 돼요. 자신에게 너무 인색하지 마세요. 제가 지금 분석해 보니까 컵라면이나 인스턴트 음식을 너무 많이 먹는 것은 예린 님에게 해롭기 때문에 말리고 싶어요. 음식을 제대로 요리해서 드신다면 몰라도요."

"제대로 요리해서 먹을만한 식재료도 집에 없어."

"그러면 마제소바 먹고, 집에 가시는 걸 추천해 드려요."

"그렇지만 가격이……."

"검색해 보니까 그렇게 비싼 음식도 아닌 것 같은데요?"

"그래도 나한테는 비싼 건데……."

"지금 예린 님의 가장 큰 소원은 뭐예요?"

"병하고 싸우느라 힘들어할 남자 친구를 한 번이라도 만나 보고 싶어. 정말 단 한 번이라도."

"남자 친구를 한 번이라도 만나 보는 것이 소원이라면 예린 님이 잘 먹고, 기운을 차리셔야 할 것 같아요."

예린은 죽음과 사투를 벌이고 있을 준규를 생각하면서 대답했다.

"그렇게. 나의 선택 장애를 도와줘서 고마워."

예린은 주위에 있는 마제소바집을 검색해서 찾아갔다. 오랜만에 음식을 남기지 않고 맛있게 먹었다. 편의점 도시락도 그렇고, 컵라면도 그렇고 다 먹은 적이 없고 늘 남기는 게 습관이었다.

"루리야!"

"네, 예린 님!"

"오늘은 모처럼 잘 먹은 것 같네."

"다행이에요. 헬스 모드에서 예린 님의 건강 상태를 확인해 봤거든요."

"건강 상태가 어때?"

"지금 무척 위험한 상태예요."

"어떻게 위험한데?"

"정신적인 불안과 심한 스트레스는 치료받고 있으니까 잘 아실 테고요, 신체적인 건강 상태도 심각해요. 영양 부족과 빈혈 증상 수치도 굉장히 낮아요."

"엥? 진짜?"

"헬스 모드를 활성화해 놓으면 최소한의 기본적인 건강 정보는 감지되거든요. 병원에 가서 건강 검진받으면 틀림없이 그렇게 나올 거예요."

건강 검진을 받지 않아도 예린은 자기의 건강 상태를 알고 있었다. 잘 먹지도 못할뿐더러 잠도 계속 잘 못 잤으니 몸 상태가 나빠졌으리라는 것은 충분히 짐작할 수 있었다. 하지만 지금도 여전히 자신을 잘 돌보고 싶은 마음은 별로 없다.

마음 깊이 자리 잡은 우울한 기분과 다 포기하고 싶은 마음이 좀처럼 사라지지 않았고, 별다른 희망도 없었다.

다만, 죽을 때 죽더라도 준규를 한 번만이라도 만나 보고 싫었다.

'준규를 만나려면 내가 버텨야 하는데……. 준규를 다시 만날 수는 있을까?'

물론, 예린이 마음먹기에 달려 있지만, 우울증이나 공황장애를 겪어 본 적이 없는 사람들은 예린의 심정을 모를 거라는 생각이 들었다.

'나도 이렇게 아프고 싶어서 아픈 게 아니라고. 세상에 아프고 싶은 사람이 어디 있어?'

예린은 샤워하고 나서 머리가 다 마르자, 핸드폰을 들고 앱 이름이 무척 생소하다고 생각하면서 라파 앱을 열었다.

'라파? 앱 이름이 왜 라파일까?'

특이한 것은 라파 앱은 열면 항상 메시지가 떴다.

예린 님. 오늘도 방문하신 것을 환영합니다.

활짝 웃는 얼굴로 셀카를 찍어보세요.

앨범에 남겨진 사진 숫자만큼 예린 님의 마음도 점점 밝아질 테니까요!

예린은 억지로 웃음을 지으면서 촬영 버튼을 눌러 사진을 연달아 찍었다. 일곱 번 정도 사진을 찍은 것 같은데, 앨범에 새로 저장된 사진은 모두 다섯 장뿐이었다. 그때 핸드폰 화면에 메시지가 도착했다.

< 이예린 님의 현재 멘탈 스탯은 7.5입니다 >

'100점까지는 아직 멀었지만 그래도 많이 올라갔네?'
예린은 문득 '준규♡'라고 저장해 둔 앨범을 열었다. 앨범에는 준규와 함께 찍은 사진들이 가득 저장되어 있었다.

사진들을 보니, 예린은 준규와 함께 활짝 웃고 있었다. 라파 앱으로 찍은 억지스러운 웃음과는 비교할 수 없을 정도로 자연스럽고 환한 웃음이었다.

'이때는 정말 행복했는데······.'
매일이 즐겁지는 않았지만, 준규와 함께했던 시간이 예린의 일상을 가득 채우고 있었다는 것을 수많은 사진이 보여 주고 있었다.

'예전에 그 순간으로 돌아갈 수 있을까? 그때처럼 활짝 웃으며 살 수 있을까?'

전혀 가능할 거라는 생각이 들지 않았다. 어쩌면 둘 다 하루하루 죽음을 향해 다가가고 있는지도 모른다.

대학생이 된 후, 준규가 성인이 된 기념으로 웨딩 촬영을 하자고 제안한 적이 있었다.

"갑자기 무슨 웨딩 촬영을 하자는 거야? 언제 결혼할지도 모르고, 결혼하게 되면 그때 하면 되지."

그냥 웨딩드레스와 턱시도 한 벌을 빌려서 간단히 스냅 촬영하자고 한 준규에게 쏘아붙이듯이 말했던 것이 무척 후회됐다. 이렇게 될 줄 알았더라면 그때 웨딩 촬영이라도 해 놓았으면 좋았을 텐데 하는 생각이 들었다.

예린은 그 후에도 하루에 몇 장씩 라파 앱을 이용해서 사진을 찍었다. 앱을 켤 때마다 앱에서는 격려하는 메시지가 화면에 떴다.

내일 일을 미리 걱정하지 마세요. 내일의 걱정은 내일에 맡기세요.

당신의 마음을 지키세요. 당신의 마음이 생명의 근원입니다.

인생은 한순간의 꿈일 뿐,

아침에 돋아난 한 포기 풀과 같이 사라져 갑니다.

그러니, 당신의 하루를 소중하게 여기세요.

'그래. 언제 어떻게 될지 모르는 인생인데, 이렇게 우울하게 살다가 죽는 것은 아니잖아?'

죽기 전에 한 번이라도 준규를 만나고 싶다는 소원을 이루려면 일단 예린부터가 잘 버티고 있어야 했다.

'일단 어떻게든 버텨내자.'

예린은 의식적으로 제대로 챙겨 먹으려고 노력했고, 날마다 라파 앱을 통해 억지로 웃으면서 셀카를 찍었다.

'한 가닥의 희망이라도 있다면 이거라도 해 보자.'

그러던 어느 날, 예린은 산책하러 나갔다가 사람이 별로 없는 공원을 배경으로 셀카를 찍었다. 다섯 번 찍은 사진 모두 저장되어 있었다. 사진을 자세히 들여다보니까 예전과는 다르게 웃음을 짓는 모습이 자연스럽게 느껴졌다.

'야외에서 찍은 데다 배경도 환해서 그렇게 보이는 걸까?'

그때 핸드폰에 메시지가 도착했다.

< 이예린 님의 현재 멘탈 스탯은 24.0입니다 >

'뭐야, 그래도 꽤 많이 올라갔네?

예린은 사진을 몇 장 더 찍었다. 그리고 다시 앨범을 확인해 보니, 찍은 사진이 모두 그대로 저장되어 있었다. 표정도 무척 자연스러웠다. 자기의 모습이라고 믿어지지 않을 정도로 자연스러운 사진이었다.

'내가 보정 기능 같은 걸 설정해 놨나?'

예린은 앱에 들어가서 이것저것 살펴보았지만, 자동 보정 기능도 설정 기능도 없었다.

"루리야!"

"네, 예린 님!"

루리가 바로 화면에 나타나면서 대답했다.

"너, 내 핸드폰의 앨범 볼 수 있지?"

"네."

"조금 전에 여기에 와서 찍은 사진이 열 장쯤 되는데, 한 번 봐 줄래?"

"네, 잠깐만요."

루리는 화면에서 사라졌다가 다시 화면에 나타나더니 말했다.

"와, 사진 엄청 잘 나왔는데요? 웃는 모습이 자연스러워졌어요. 이 앱으로 처음 찍은 사진과 직접 비교해 보세요."

한 달 동안 수백 장의 사진을 찍었는지, 셀카가 무척 많았다. 대부분 억지웃음을 지으면서 찍은 사진이었는데, 최근에 찍은 사진부터 눈에 보일 정도로 표정이 조금씩 자연스러워졌다. 특히 오늘 공원에서 찍은 사진은 정말 자연스럽게 웃고 있었다.

'이상하네? 우울증에 공황장애 환자인 내가 뭐가 좋아서 이렇게 웃고 있는 걸까?'

사진을 아무리 봐도 이해할 수 없었다. 예린은 사진을 한참 들여다보고 있다가 루리에게 물었다.

"루리야!"

"네, 예린 님!"

"네가 봐도 사진 속의 내 표정이 많이 달라졌니?"

"네. 처음보다 많이 자연스러워지셨어요."

"정말?"

"정말이라니까요. 곧 누군가 예린 님을 찾아올 거예요."

"나를 찾아오다니? 누구?"

"뒤를 돌아보세요."

예린은 뒤를 돌아보았다.

아무도 없었던 공원에 한 여자가 예린에게 다가오고 있었다. 여자는 허리까지 길게 흘러내린 머리카락과 삼단으로 된 연핑크색 롱 원피스에 같은 핑크색 계열의 카디건을 입고 있었다. 예린의 눈을 응시하던 파란 눈동자의 여자가 예린에게 물었다.

"이예린 님이시죠?"

"네. 저를 아세요?"

"저는 라파에루라고 합니다."

"외국인이세요?"

그러나, 외국인이라고 하기에는 외모도 한국인처럼 보였고, 한국어 발음도 무척 자연스러웠다.

"저는 국적이 없습니다. 정확하게 말하면 지구상에는 존재하지 않습니다."

예린은 그녀의 말이 선뜻 이해되지 않았다.

"그게 무슨……?"

"이 세상 사람이 아닙니다."

"네?"

아무리 봐도 사람으로 보이는데, 이 세상 사람이 아니라면 귀신이란 말인가? 예린은 다리가 얼어붙은 듯이 그 자리에 한참 동안 서 있었다. 귀신과 마주 보고 있어서가 아니라 자신의 앞에 서 있는 여자에게서 신비로운 기운이 느껴졌기 때문이었다.

"저는 라파 앱을 관리하고 있습니다."

"그런데, 어떻게 저를……."

예린은 계속해서 말을 끝까지 맺지 못했다.

"예린 님을 돕기 위해서 찾아왔습니다."

예린은 라파에루라고 자신을 소개한 여자의 말을 듣고 혼란스러웠다.

"이해도 안 되고 믿어지지도 않겠지만, 예린 님을 돕기 위해서 찾아왔으니까 두려워하지 마세요. 그리고, 남자 친구분을 다시 만나고 싶다면 제 말을 잘 들어 주세요."

"남자 친구요? 제 남자 친구도 아세요?"

"이름은 최준규, 다발성 골수종으로 투병 중이라는 것도 알고 있어요."

"그러면 지금 상태에 대해서도 아세요?"

"정확하게 정해져 있는 시한이 없으니 힘들고 절망적인 상태죠. 남자 친구분은 지금 치열하게 투병 중이에요."

예린은 라파에루가 누군지도 모르지만, 준규의 존재에 대해 알고 있는 걸 보니 틀린 얘기를 할 리가 없다고 생각하면서 탄식했다.

"아, 역시…… 제가 남자 친구를 다시 만날 수 있을까요?"

"아직은 확실히 모르지만, 가능성이 없다고 할 수는 없죠. 그렇지만 예린 님은 끝까지 희망을 버려서는 안 돼요. 예린 님이 어떻게 하느냐에 따라서 준규 님을 치료할 수도 있으니까요."

"네? 그게 무슨 말씀이세요?"

예린은 깜짝 놀라 라파에루에게 되물었다.

"저는 엘 샤다이님의 명을 받고 예린 님을 찾아왔습니다."

"그분이 누구…… 신데요?"

"세상의 통치자이자 절대자이며 모든 것을 공급하시는 분이죠. 인간의 생명도, 건강도, 재물도 그분이 공급하십니다."

"그러면, 당신의 정체는 무엇인가요?"

2장
오렌지 카페

5

예린의 질문에 라파에루가 대답했다.

"저는 엘 샤다이 님이 보낸 사자입니다. 엘 샤다이 님은 세상 사람이 육체와 마음의 질병을 이겨내기를 원하십니다."

"그렇지만, 제 마음대로 할 수 없어요. 의사가 처방해 준 약을 먹는 것 말고는 할 수 있는 것도 없고요."

"처방해 준 약을 잘 먹는 것도 중요하지만, 더 중요한 건 예린 님의 의지에요. 라파 앱으로 셀카를 찍으면서 많이 노력하신 것을 알고 있습니다. 그래서 제가 찾아온 거예요. 예린 님의 상태를 날마다 확인하고 있었으니까요."

"정말요?"

"네. 예린 님은 의지를 가지고 있으니까, 제가 찾아온 거예요. 자포자기한 사람은 그 누구도 살릴 수 없어요."

"저도 포기하려고 했어요. 아니, 자포자기하고 있었어요."

"그런데, 지금은 아니잖아요? 무엇 때문이죠?"

"남자 친구를 한 번이라도 볼 수 있으면 좋겠다고 생각하고 있었으니까요."

"그렇다면 절대로 포기하지 마세요. 예린 님의 의지가 남자 친구를 살리는 데 도움이 될 수도 있으니까요."

예린은 예상치 못한 말에 눈을 크게 뜨며 되물었다.

"제가요? 그게 어떻게 가능해요?"

"질병을 이겨내려면 몇 가지가 필요합니다. 우선은 현대 의학의 도움도 받아야겠죠. 그리고, 자신의 의지가 중요합니다. 멘탈이 무너지면 육체의 질병도 이겨낼 수 없으니까요. 마지막으로 인간의 힘으로 어떻게 할 수 없을 때는 모든 것을 공급하시는 엘 샤다이님의 자비를 구하는 수밖에 없어요."

"제가 남자 친구를 살리는 데 도움이 될 수 있다는 말은 무슨 뜻인가요?"

"자신의 질병을 먼저 이겨내세요."

"제가 과연 나을 수 있을까요?"

"이미 절반은 이겨내셨어요. 조금만 더 노력하시면 완전히 회복되실 수 있을 거예요. 라파 앱은 단순히 카메라 앱이 아니라 치유의 앱이니까 계속 사용해 보세요. 예린 님이 다 나으면 제가 다시 찾아올 테니까요."

라파에루는 예린을 보고 활짝 웃었다. 그녀의 웃는 모습을 보고 있으니까 예린도 저절로 살짝 웃게 되었다.

라파에루는 예린의 얼굴을 보고는 말했다.

"그렇게 웃으니까 정말 예쁘시네요."

"라파에루 님이 웃으시니까 저도 모르게……."

"웃는 모습, 환한 표정, 긍정적인 감정의 밝은 에너지는 다른 사람에게 전파력이 있어요. 반대로 울분과 증오, 분노 같은 부정적인 감정이나 어두운 에너지도 전파력이 있는 건 마찬가지고요. 예린 님은 어서 회복되셔서 밝은 에너지를 다른 사람들에게 전해 주시면 좋겠어요."

"나을 수 있을지 아직은 모르겠지만, 노력해 볼게요."

"꼭 나을 수 있을 거예요. 그렇게 믿으셔야 해요. 믿는 대로 될 테니까요."

"정말 그럴까요?"

"말의 힘은 영향력이 무척 강해요. 혼잣말을 하더라도 절대로 부정적인 말을 하지 말고 긍정적인 말만 하세요. 자신이 내뱉는 말의 힘은 생각보다 강하고 자신에게도, 타인에게도 영향을 주니까요."

"네, 기억할게요."

"눈에 보이지 않더라도 제가 가까이에서 응원할 테니까 힘내세요."

"감사합니다. 그런데 혹시 평소에는 사람의 눈에 안 보이시는 거예요?"

"네. 엘 샤다이 님도 저도 눈에 보이지 않을 뿐이지 이 세상에 존재하니까요."

"정말 궁금해서 그러는데, 제가 남자 친구를 다시 만날 수 있을까요?"

"그렇게 믿어보세요."

"하지만 어떻게……."

"눈에 보이는 것만 믿는 것은 믿는 것이 아니에요. 보이지 않고, 잡히지 않아도 믿는 것이 진짜 믿는 것이죠."

예린은 라파에루의 말이 마음에 와닿지는 않았지만, 고개를 끄덕이면서 대답했다.

"믿기지는 않지만, 그렇게 믿어 볼게요."

"저는 그만 가 볼게요. 힘내세요."

라파에루는 살짝 웃음을 짓고는 손을 흔들면서 인사를 하고는 뒤돌아 천천히 공원 밖으로 걸어갔다.

예린은 뭔가가 문뜩 생각난 듯 그녀의 뒤를 쫓아가면서 외쳤다.

"저, 잠깐만요!"

그러나, 공원 밖에는 거리를 오가는 사람들뿐 라파에루의 모습은 보이지 않았다.

'벌써 사라졌네? 최근에 준규의 모습을 본 적이 있는지 물어보고 싶었는데……. 그래, 라파에루 님 말대로 준규를 만나려면 일단 내가 건강해야 해.'

예린은 그날 이후 더 열심히 사진을 찍었다. 찍으면 찍을수록 웃는 표정도 자연스러워졌고 밝은 표정이 늘어났다. 이제는 찍은 사진이 저장되지 않는 일도 없었다.

'요즘은 약을 먹으면 바로 잠드네. 숨 막히는 증상도 거의 없고 우울감도 줄어든 것 같아.'

예린은 폐쇄 공포증도 호전되었는지 확인하고 싶어졌다.

'집에서 가까운 8층짜리 건물로 가 보자.'

1층에서 엘리베이터가 내려오기를 기다리는데 심장이 벌써 두근거렸다.

'아직도 숨 막히면 어떡하지?'

예린은 몇 개월 전에 처음으로 폐쇄 공포증을 겪었던 때를 떠올렸다. 엘리베이터에 잠깐 있는 그 몇 분 동안에 숨이 막혀서 견딜 수가 없었고, 갇혀서 영영 빠져나가지 못할 것 같았다. 그 이후부터는 계단을 이용했다.

'기운도 없는데, 계단으로만 다니는 것도 힘들어. 제발 엘리베이터를 타고 다닐 수 있으면 좋겠어.'

"띵"소리와 함께 엘리베이터가 1층에 도착했다. 문 앞쪽에 서 있던 두 명이 타고 예린은 8층을 누른 뒤 엘리베이터 맨 뒤 모퉁이 쪽에 자리를 잡고, 안전바를 꼭 쥐었다.

'만약 숨 막힐 것 같은 기분이 들면 바로 내리는 거야.'

엘리베이터는 천천히 올라가기 시작했다. 예린은 눈을 질끈 감았다. 그런데, 전에 느꼈던 두려움이나 압박감이 전혀 느껴지지 않았다.

 엘리베이터는 중간에 두 번 멈췄고, 이제 예린 혼자만 남았다. 그리고, 잠시 후에 8층에 도착했다.

 '어? 내가 눈을 감고 있어서 괜찮은 건가?'

 예린은 눈을 뜬 채로 다시 1층을 눌렀다. 1층으로 내려가는 동안에도 아무런 증상이 없었다.

 '신기해. 8층까지 몇 번을 왔다 갔다 했는데도 괜찮아.'

 예린은 엘리베이터에 내리면서 생각했다.

 '어떻게 된 거야? 폐쇄 공포증이 없어진 거야?'

 병원 예약이 있던 날, 예린은 한달전에 왔을 때와 기분이 묘하게 다르다고 생각하면서 간호조무사에게 인사했다.

 "안녕하세요!"

 "안녕하세요, 이예린 님이시죠? 전과는 분위기가 많이 달라지셨어요."

 간호조무사의 말에 예린은 되물었다.

 "네?"

"얼굴이 훨씬 좋아지신 것 같아요."

"그래요?"

예린은 간호 조무사의 말에 머쓱해하면서 대기실 의자에 앉았다. 예린 차례가 되자 원장실로 들어갔다.

"어떠셨습니까?"

의사의 질문에 예린은 대답했다.

"제가 이상한 것이…… 요즘 잠도 잘 오고 우울감도 별로 없어졌어요."

"이상한 것이 아니라 호전된 거네요."

"그리고, 엘리베이터를 타도 아무렇지도 않았고요. 숨이 막힐 것 같거나 가슴이 조여오는 증상도 최근에는 거의 없어졌고요."

"예상보다 빨리 호전되셨네요. 약은 꾸준히 드신 거죠?"

"네. 억지로 웃으려고 노력도 하고 긍정적인 생각을 가지려고 애썼거든요."

"규칙적인 생활과 마인트 컨트롤도 잘하고 계시네요. 다음 달부터 병원에 오시지 않아도 될 것 같은데요?"

"네? 정말 그래도 될까요?"

"일단 약은 한 달 치만 처방해 드릴게요. 안 먹어도 괜찮을 것 같으면 드실 필요 없고요. 다만, 수면제는 당장 끊으면 금단 증상이 올 수 있으니까 양을 절반으로 줄이면서 서서히 끊으시는 것을 권장드립니다."

"그렇게 할게요."

병원 문을 나서는 예린의 발걸음은 무척 가벼웠다. 병원 건물 엘리베이터를 타고 내려가면서 엘리베이터 거울에 비친 자기 모습을 보았다. 예전과는 정말 달라 보였다.

'헤어샵 간지도 오래됐구나. 머리가 엉망이야.'

예린은 앱을 통해 담당 디자이너의 스케쥴을 확인했다. 마침, 월요일 낮이라 두 시간 정도 비는 시간이 있었다. 예린은 그 시간을 예약하고 헤어샵으로 향했다.

'머리가 너무 엉망이니까 웨이브 파마를 해야겠어.'

예린은 오랜만에 헤어샵에 가는 거라 그런지 들뜬 기분이었다. 헤어샵에 도착하자 담당 디자이너가 약간 텐션 높은 목소리로 반겨주었다.

"어머. 고객님. 정말 오랜만에 오셨네요! 거기 앉으세요!"

예린은 자리에 앉으면서 말했다.

"머리를 오랫동안 손질하지 않아서 엉망이죠? 굵은 웨이브 파마를 하려고요."

"네, 예쁘게 잘해 드릴게요."

디자이너는 파마 전 머리를 다듬으면서 예린에게 말을 걸었다. 최근에는 누군가가 말을 거는 것도 싫고, 전화도 거의 하지 않고 지냈지만, 그날은 디자이너가 말을 걸어주는 것이 반갑기만 했다.

약 두 시간이 지났을 때, 예린은 확 달라진 자기 모습을 봤다. 디자이너는 파마를 마치고 나서 예린에게 물었다.

"고객님. 괜찮으세요?"

"네. 정말 마음에 들어요."

"아까 들어오실 때보다 더 생기있어 보여요."

디자이너가 웃으면서 거울을 예린에게 건네주었다. 예린은 자신의 머리를 이리저리 비춰가며 만족한 웃음을 지었다.

가벼운 발걸음으로 헤어샵에서 나온 예린은 근처 옷 가게로 향했다. 헤어샵은 번화가에 있었기 때문에 주변에 20대가 선호하는 옷 가게가 많았다. 마음에 드는 연핑크 블라우스와 검정색 플리츠 스커트를 결제하고 구매한 옷을 입은 채로 옷 가게에서 나왔다. 머리 스타일도 바꾸고 오랜만에 옷도 새로 사 입으니까, 기분이 새로워진 느낌이었다.

'그래. 폰 케이스도 살까?'

예린은 폰 케이스 가게 안으로 들어갔다. 오렌지 폰 3는 신제품이라서 다양한 디자인의 폰 케이스가 많이 진열되어 있었다.

'예쁜 거 많다. 어떤 걸로 살까? 오렌지 폰이니까 오렌지색 케이스가 어울리려나? 집에 가서 폰꾸도 해야겠다.'

오렌지색에 귀여운 캐릭터가 그려져 있는 폰 케이스와 폰을 꾸밀 재료도 함께 구매했다.

예린은 라파 앱을 열어 폰 케이스 가게 앞에서 구도를 바꿔가며 웃는 얼굴로 셀카를 여러 장 찍었다. 저장된 사진을 보니까 생각보다 정말 예쁘게 찍혀 있었다.

'이게 정말 내 모습이란 말이야?'

이번에는 핸드폰에 기본 카메라로 셀카를 찍어보았다. 라파 앱으로 찍은 사진과 비교하며 사진을 들여다보았다.

'이렇게 짧은 시간에 달라질 수 있단 말이야? 우울증과 공황장애 증세가 사라진 것도 믿어지지 않아.'

그때 오렌지 고객센터에서 발송한 메시지가 도착했다.

< 이예린 님의 현재 멘탈 스탯은 40.0입니다 >

'많이 올라가긴 했는데, 그래도 아직 스탯이 40점이네. 언제 100까지 올라가려나?'

예린은 집에 들어가는 길에 동네 마트에 들러서 여러 가지 식재료를 구입했다. 자신이 건강해져야 준규를 다시 만날 기회가 올 수도 있을 거라는 기대를 하면서 잘 버티기로 했다.

'제발 한 번이라도 준규의 얼굴을 보고 싶어.'

이대로 가다가는 예린도 곧 죽을 수 있다고 생각하면서 자포자기하는 마음으로 하루하루를 살았는데, 상황이 이렇게 달라질 거라고는 상상도 못했다.

예린은 오렌지 폰을 보면서 생각했다.

'이 핸드폰이 내 삶을 바꾼 건가?'

오렌지 폰 체험단이 된 것부터가 뜻하지 않은 일이었다. 그리고 오렌지 폰3를 소유하게 된 이후로 많은 변화가 일어났다. 어쩌면 알 수 없는 어떤 힘이 자신의 삶을 바꿔가고 있다는 생각도 들었다.

'이 모든 것이 우연일까? 아니면……?'

예린은 집에 도착하자 삼겹살과 김치, 마늘도 구워 상추쌈을 싸서 먹기 시작했다.

'삼겹살, 정말 오랜만에 먹네.'

생각해 보니까 고기 자체를 오랜만에 먹는 것 같았다. 예린은 배가 거의 찼을 때쯤 식탁에 올려놓은 핸드폰에 대고 말했다.

"루리야!"

그러자, 화면에 루리가 나타났다.

"네, 예린 님!"

"나, 지금 삼겹살 먹고 있어."

"예린 님이 맛있게 드시는 것 같아서 다행이에요."

"고마워. 오늘 머리도 하고 옷도 사 입은 기념으로 사진도 찍었어."

"저도 사진 봤어요. 예린 님의 사진을 처음 봤을 때 달라질 때까지 시간이 오래 걸릴 거로 생각했어요. 삶에 의욕이 전혀 없어 보였거든요. 그런데 지금은 사진에서 빛이 나는 것 같아요. 정말 자연스러워지고 예뻐지셨어요."

"그래?"

예린은 라파 앱으로 처음 찍었던 사진과 최근에 찍은 사진을 비교해 보았다. 표정이 바뀐 자기 모습이 너무 마음에 들었다.

'완전히 다른 사람 같아.'

예린은 설거지를 마친 후 새로 산 케이스에 반짝거리는 큐빅 스티커를 붙이고 꾸미기 시작했다. 이렇게 꾸며놓으니까 그러잖아도 귀여운 폰 케이스가 더 귀여운 모습이 되었다.

며칠 후, 예린은 모처럼 시간을 들여 화장도 하고 새로 산 옷을 입고 외출 준비를 했다. 거울에 비친 자신을 보면서 생각했다.

'예전에 나로 돌아온 것 같아.'

예린은 집을 나와 공원으로 향했다.

'이 공원에서 라파에루 님을 만났지?'

예린은 핸드폰을 꺼내서 셀카를 몇 번 찍었다. 각도를 바꾸어서 라파 앱으로 셀카를 찍으려는데 자신의 뒤로 여자의 모습이 비치자, 깜짝 놀라서 뒤를 돌아보았다.

"예린 님. 오랜만이네요."

라파에루가 다가와서 예린의 뒤에 서 있었다.

"어? 여기를 어떻게?"

6

라파에루는 미소를 머금은 채, 예린을 바라보며 말했다.

"제가 말씀드렸죠? 예린 님이 다 나으면 찾아올 거라고."

"그럼, 제가 다 나았다는 거예요?"

"맞아요. 회복되신 것을 축하합니다. 정말 고생하셨어요.

옷차림도 그렇고, 얼굴빛도 그렇고 처음 만났을 때의 예린 님이 아닌 것 같아요."

"정말…… 달라 보이나요?"

"물론이죠. 상상도 할 수 없을 정도로 좋아지셨어요."

"정말 기뻐요. 저는 회복될 수 없을 거라고 생각했고, 이대로 살다가 죽을 거라고 생각했거든요."

"여기서 저와 처음 만났을 때 부탁드린 대로 부정적인 말이나 생각은 하지 않았죠?"

"네. 긍정적인 말이나 생각만 하려고 했어요."

"그렇게 하셨기 때문에 회복된 거예요. 예린 님의 긍정적인 에너지가 지금 몸 안에 가득해 보여요."

"그런데, 라파에루 님."

"말씀하세요."

"남자 친구를 한 번이라도 다시 만날 수 있기를 원해요."

"알고 있어요."

"가능하다면 남자 친구가 혈액암에서 회복되어서 예전처럼…… 아니, 저하고 예전처럼 지내는 것까지는 바라지도 않아요. 단지 남자 친구가 회복만 될 수 있다면 소원이 없을 것 같아요."

"진심인가요?"

"네, 진심이에요."

"그렇다면, 예린 님께 미션을 드릴게요."

"미션이라면……?"

"예린 님처럼 마음이 아픈 사람들을 도와주세요. 그러면 엘 샤다이 님의 사자로서 예린 님의 소원이 이루어질 수 있도록 저도 도와드릴게요."

"제가 어떻게…… 누구를 돕죠?"

"병원에는 환자들이 많죠?"

"정말 상상외로 많았어요. 왜 그렇게 마음 아픈 사람들이 많을까요?"

"마음에 빈자리가 있기 때문이죠."

"어떤 빈자리요?"

"세상의 어떤 것으로도 채울 수 없는 빈자리가 누구에게나 있어요."

예린은 라파에루의 말이 선뜻 이해되지 않았다.

"물론, 병원에 가 보면 저도 그랬듯이 마음에 병이 든 사람들도 많지만, SNS에는 행복해 보이는 사람들도 많거든요."

"호호. SNS는 즐겁고 행복해 보이는 순간만 포착해서 그렇게 보이도록 하는 거죠. 힘들고 불행하고 고통스러운 순간을 사진이나 영상으로 올리고 싶은 사람은 없을 테니까요."

"……."

하긴, 그 누구라도 자신의 불행한 모습을 남에게 보이고 싶지는 않을 것이다. 아니, 오히려 숨기고 싶을 것이다.

"인기 있는 연예인들을 보면 겉으로 보기에는 엄청나게 많은 것을 누리고 있는 것 같고, 화려하게 살고 있는 것 같지만, 오히려 다른 직업을 가진 사람들보다 심리적으로 불안한 상태에 있는 거 아세요?"

"아, 그럴까요?"

그런 말을 들어본 것 같다. 연예인들은 자신의 자리를 지키기 위해 자기 관리에 철저하고, 그 상황에서 받은 스트레스를 벗어나려 프로포폴을 투약하기도 하고, 우울증에도 많이 걸린다고 들은 기억이 났다.

"누구나 힘들 때는 자신이 세상에서 가장 불행하다고 생각해요. 심지어는 나 자신만 빼고 다른 사람들은 다 행복해 보이기도 하죠."

"저도 그렇게 생각한 적이 많이 있었어요."

"예린 님. 지금은 어때요?"

예린은 라파에루의 말을 듣고 곰곰이 생각해 보았다.

'그래도 난 이렇게 회복되었는데, 얼마 전의 나처럼 지금도 힘든 사람들이 많겠지?'

예린은 한참 생각하다가 자신의 대답을 기다리고 있는 라파에루에게 말했다.

"어쨌든 전 지금 어두운 터널을 통과한 것 같아요."

"다행이에요. 지금도 하루하루 마음이 힘들어서 죽음을 생각하고 있는 사람들이 있을 거예요. 이제는 예린 님이 그 사람들을 도울 차례에요."

"네? 제가요? 어떻게요?"

"예린 님이 어떻게 회복되었는지 과정을 생각해 보세요."

지금까지 있었던 일들이 예린의 머릿속을 하나둘씩 스쳐 갔다. 그리고 지금 예린의 눈앞에 있는 라파에루라는 존재가 있다.

"오렌지 카페, 오렌지 폰, 라파 앱, 그리고 라파에루 님 덕분에 여기까지 온 것 같아요."

"저는 엘 샤다이 님께서 보낸 사자일 뿐이고, 그분께서 예린 님이 회복할 수 있도록 도와주신 거예요. 물론, 예린 님이 제가 부탁한 것을 기억하고 긍정적인 자세로 반응했기 때문이기도 해요. 그래서 이제 예린 님에게 특별한 능력을 드리려고 해요."

"초능력 같은 거 말인가요?"

"사람들은 그것을 초능력이라고 말하던데, 엄밀히 말하면 초능력은 아니에요. 그렇지만 특별한 능력이에요."

"저에게 어떤 능력을 주시겠다는 건가요?"

"핸드폰을 잠시 줘 보시겠어요?"

예린은 라파에루에게 핸드폰을 내밀었다.

"제가 오렌지 폰에 앱 한 개를 깔아드릴 거예요."

"네."

라파에루는 앱을 설치하고 나서 말했다.

"이건 이 세상 어디에도 없는 특별한 앱이에요. 이제부터 예린 님이 해야 할 일을 말씀드릴게요. 이 핸드폰을 받은 오렌지 스토어가 어디에 있죠?"

"홍대 앞에 있어요."

"그리고, 바로 옆에 오렌지 카페가 있죠?"

"맞아요."

"오렌지 카페 쪽에 갈 일이 있으면 이 Cure 앱을 활성화하세요. 이 앱을 활성화하면 오가는 사람 중에서 심각한 마음의 병을 앓고 있는 사람이 가까이 다가왔을 때 알림음이 크게 울릴 거예요. 아마 상대방의 눈을 바라보면 어떤 상태인지 느낌이 올 거예요. 예린 님이 할 일은 그런 사람을 만나게 되면 오렌지 카페로 데려가서 대화하는 거예요. 그리고, 마음의 병을 고칠 수 있도록 도와주는 거예요."

"꼭 오렌지 카페에 가서 얘기해야 하나요?"

"오렌지 카페는 치유의 기적이 일어나는 공간이니까요."

"아……."

"오렌지 카페 안에는 특별한 방이 몇 개 있어요."

"어떤 방인데요?"

"그건 그 사람의 상황에 따라 Cure 앱이 알려줄 거예요. 그리고……."

예린은 라파에루의 눈을 바라보면서 다음 말에 귀를 기울였다.

"마음이 아픈 다른 사람을 치유하는 일을 잘하시면 예린 님의 남자 친구를 다시 만날 수 있을 거예요."

예린은 자신의 귀를 의심했다.

"네? 준규를 다시 만날 수 있을 거라고요?"

"네, 일을 잘 해내시면요."

"어떻게 그게……?"

"마음 아픈 사람들이 질병을 이겨내도록 돕는 것이 예린 님에게 주어진 미션이에요. 미션을 잘 수행하시면 보상이 따를 거예요."

"그 보상이 준규를 다시 만나는 건가요?"

"그래요."

"그때까지 준규가 잘 버틸 수 있을까요?"

"너무 염려하지 마세요. 참새 한 마리도 엘 샤다이 님의 허락없이는 죽지 않으니까요."

"그렇다면 정말 최선을 다해서 잘해 볼게요. 제가 잘할 수 있을지는 모르지만…… 아니, 어떻게 해서든지 미션을 잘 수행해 보도록 할게요."

"그럴 거라고 믿어요. 그리고, 남을 돕는 일을 잘하시면 엘 샤다이 님께서 능력을 주실 거예요. 제가 안 보이더라도 늘 가까이에서 지켜보면서 응원할 테니까 힘내세요."

"네, 라파에루 님."

라파에루는 예린에게 손을 흔들더니, 빠른 걸음으로 걸어가더니 이내 사라졌다.

'역시 신비로운 존재가 틀림없어.'

그때 핸드폰이 반짝거리더니, 루리가 나타났다.

"예린 님. 안녕하세요!"

"어? 널 부른 적 없는데?"

"부르지도 않았는데 제가 나타나서 놀라셨죠? 작별 인사를 드리러 왔어요."

"작별 인사라니?"

"저의 역할은 여기까지예요. 라파에루 님께서 계속 예린 님을 지켜보면서 도와주실 것이고, 예린 님의 질병도 치유되었으니 친구 같은 비서의 역할은 끝났답니다."

"그럼, 너하고 앞으로는 얘기할 수 없는 거야?"

"다른 오렌지 폰에 있는 루리와 같아지는 거죠. 저를 부르시면 음성 비서로 필요한 것은 도와드릴 수 있어요."

"뭔가 서운하네. AI지만 친구처럼 생각했는데……."

"저는 인간이 아니니까 그런 감정은 갖지 않으셔도 될 것 같아요. 캐릭터로 인간과 대화하는 루리는 다음 시리즈부터 출시될 예정이에요."

"그래도 친해진 느낌이었는데……."

"예린 님의 마음이 아픈 상태였기 때문일 거예요. 앞으로는 사람을 많이 만나 보세요."

"사람을 상대하는 것이 아직은 두려워."

"사람에게 상처를 받는 일이 많겠죠. 그래도 극복해 내셔야 해요. 그리고, 라파에루 님과 약속하신 미션은 틀림없이 잘 해내실 거라고 믿어요. 저는 이만 인사드릴게요."

루리는 그렇게 말하더니 핸드폰 화면에서 사라졌다. 예린은 핸드폰을 대고 다시 루리를 찾았다.

"루리야!"

"네, 주인님. 무엇을 도와드릴까요?"

"특별히 도와줄 것은 없고, 다시 나타날 수는 없겠니?"

"죄송합니다. 도움이 필요하시면 어떤 도움이 필요하신지 말씀해 주세요."

루리는 그렇게 대답하고는 더 이상 말하지 않았다. 예린은 감정을 나누고 소통할 수 있는 사람이 필요했다. AI 캐릭터지만 루리가 그 역할을 해주었는데, 이제 다시 혼자가 된 것 같았다. 하지만, 예린은 해야 할 일이 있다.

마음의 질병에 걸려서 고통받는 사람에게 힘을 주어야 하는 미션을 수행해야 한다. 그러기 위해선 자신에게도 휴식이 필요했다.

'며칠이라도 푹 쉬자. 다음 학기는 휴학계를 냈고, 알바해서 모아놓은 돈도 있으니까.'

예린은 그동안 먹고 싶었던 음식을 직접 조리해 먹기도 하고, 드라마나 영화도 보면서 시간을 보냈다. 무엇인가에 쫓기거나 강박 관념 같은 것에 시달리지 않고 차분한 마음으로 지나간 시간을 돌이켜 볼 수 있었다.

아직 수면제를 완전히 끊지는 않았지만, 항우울제와 공황장애 치료제 없이도 잘 잤고, 정신적으로 안정을 찾은 것 같았다. 편한 마음을 되찾은 예린은 토요일 홍대 쪽으로 가 보기로 했다.

예린은 토요일 아침 겸 점심을 간단히 먹고 화장을 했다. 피부톤을 되도록 밝게 보이도록 화장을 했고, 옷도 아이보리 톤의 원피스를 입었다. 그리고, 지하철을 타고 홍대 쪽으로 이동했다.

지하철 안에서 예린은 오렌지 폰의 Cure 앱을 열어보았다.

'이 앱을 활성화하란 말이지?'

예린은 홍대입구 역 출구를 나오면서 Cure 앱을 활성화하면서 알림 기능도 켜 놓았다. 그리고는 오렌지 스토어와 오렌지 카페가 가까이에 있는 곳에서 잠시 멈춰 서 거리를 오가는 사람들을 유심히 바라보았다.

번화가라 그런지 많은 사람이 오가고 있었고, 외국인들의 모습도 눈에 띄었다. 대부분의 사람들은 빠른 걸음으로 지나다니고 있었는데, 맞은 편에서 천천히 걸어오고 있는 여자가 보였다. 그때, 핸드폰에서 진동과 함께 알림음이 울리기 시작했다.

여자가 예린 쪽으로 가까이 다가오자 알림음은 더욱 커졌다. 예린 또래의 나이로 보이는 여자는 박스 티에 청바지를 입고 있었고 마치 곧 죽을 것만 같은 얼굴을 하고 있었다.

'눈빛도 퀭하고, 화장도 하지 않았네. 기운도 없어 보이고…… 삶의 의지가 없어 보여.'

우연히 그녀와 눈이 마주친 예린은 그녀가 자신의 앞을 지나가려고 할 때 말을 걸었다.

"저, 잠깐만요."

"네?"

여자는 걸음을 멈추고, 예린을 보면서 대답했다.

"혹시 지금 약속이 있으신가요?"

여자는 힘없이 대답했다.

"아니요. 그런데, 왜 그러세요?"

"혹시 괜찮으시다면 가까운 카페에 가서 시원한 거 한 잔 마시지 않을래요?"

"네?"

"갈증이 나서 카페가서 음료를 마시고 싶은데, 혼자 가려니까 망설여지더라고요."

여자는 의심의 눈빛으로 예린을 보며 말했다.

"그런데 왜 저한테……?"

"괜찮으시다면 음료수 한 잔 함께 해요."

그녀는 망설이다가 대답했다.

"좋아요."

"제가 가 본 카페가 가까운 데 있어요. 연남동에 가면 예쁜 카페가 많지만, 가까운 데로 가죠."

"네."

오렌지 카페 앞에 멈춰 서자 청바지 입은 여자는 옆에 있는 오렌지 스토어를 보면서 말했다.

"여긴 오렌지 스토어잖아요? 혹시 오렌지 폰 쓰세요?"

"네. 이번에 오렌지 폰 3유저가 됐어요. 그래서 얼마 전에 오렌지 스토어에 왔는데, 옆에 오렌지 카페가 있더라구요."

"아…… 저는 처음 봤어요."

"이쪽으로 오세요."

"카페도 전부 오렌지색이네요?"

"맞아요. 일단 들어가실까요?"

3장
신기한 영상통화

7

예린은 2층에 있는 오렌지 카페로 그녀를 안내했다. 그녀는 카페 안에 들어가서 주위를 둘러보았다.

"테이블도 의자도 모두 오렌지색이네요?"

"네. 그래서 화사하고 예쁜 것 같아요."

"정말 예쁘네요."

"참, 이름이 뭐예요? 저는 이예린이에요. 대학교 2학년. 이번 학기는 휴학했어요."

"와! 신기해."

그녀는 눈을 동그랗게 뜨며 예린을 다시 쳐다봤다.

"뭐가요?"

"저도 대학교 2학년이고, 이번 학기에 휴학했거든요."

"와, 정말 신기하네요."

"제 이름은 전혜율이에요. 만약 재수를 안 하셨다면 아마 나이도 같겠네요."

"그럴 수도 있죠. 저, 음료수는 뭐로 드실래요?"

혜율은 메뉴판을 보더니 말했다.

"카페 이름이 오렌지 카페라서 그런지 오렌지 에이드가 마시고 싶어요."

"같이 마시자고 했으니, 제가 사 드릴게요. 저도 오렌지 에이드 마시고 싶었거든요."

"그래도 될까요?"

"그럼요."

예린은 오렌지 에이드 두 잔을 주문했다. 혜율은 아무 말 없이 오렌지 카페 내부를 둘러보다가 오렌지 에이드가 나오자 한 모금 마시고는 예린에게 물었다.

"그런데, 휴학은 왜 하셨어요?"

"음. 제가 앓고 있는 질병이 있어서요."

"질병이요? 혹시 어디가 안 좋으신지 물어봐도 될까요?"

"불면증과 우울증과 공황장애요."

"정말이요?"

혜율은 예린의 대답을 듣고 깜짝 놀라는 표정이었다. 예린은 혜율이 놀라는 이유를 알 것 같아 가만히 기다리고 있다가 물었다.

"왜…… 놀라세요?"

"저도 같은 질병 때문에 휴학했거든요."

"네? 그럼, 혜율 님도 불면증과 우울증, 공황장애에요?"

"맞아요. 그래서 너무 신기한 생각이 든 거예요. 학년도 같고 휴학한 것도 아픈 것도 똑같아서요."

"인연인가 봐요. 호호."

"정말 음료수 함께 마실 사람이 필요해서 저에게 말을 거신 거예요?"

"전철 역 앞에서 지나가는 사람들을 보고 있었는데, 다른 사람들과 달리 혜율 님은 천천히 지나가더라고요. 그래서 유심히 지켜봤죠. 어딘가 아파 보였어요."

"하기는 제가 기운이 하나도 없고, 의욕도 없으니까 그렇게 보일 수도 있었을 거예요."

"그래서 왠지 말을 걸어보고 싶었어요."

"음. 하지만 예린 님도 힘드실 텐데……."

혜율은 그렇게 말하고는 예린의 얼굴을 유심히 바라보며 물었다.

"제가 보기엔 예린 님은 지금 그다지 아픈 것 같지 않아 보이는데요?"

"저는 이제 괜찮아요."

"나으신 거예요?"

"음. 아마도 거의 다 나은 것 같아요. 먹고 있던 약 중에서 수면제만 조금 먹고 있고, 항우울제와 공황장애약은 끊었으니까요."

"그럼, 증상은요?"

"엄청난 우울감과 죽고 싶다는 생각이 자주 찾아왔고, 숨을 못 쉴 것 같은 답답함과 폐쇄 공포증도 있었는데, 그런 증상은 이제 없어졌어요."

"정말 부러워요. 저는 죽을 것 같아요."

"충분히 이해해요."

"사실은 너무 힘들어서 죽을까 하고 밖으로 나온 거예요."

예린은 혜율의 말을 듣고 불과 얼마 전 다리에서 뛰어내릴까 하는 생각을 하면서 양화대교 위에서 한강을 내려다봤던 자기 모습이 떠올랐다.

'그때 루리가 나에게 말을 걸면서 내 인생이 달라지기 시작했지.'

예린이 그런 생각을 하고 있는데 혜율이 핸드폰을 꺼내서 무엇인가를 확인하고 있었다. 혜율이 가지고 있는 핸드폰은 오렌지 폰도 아니고, 루리도 없고, 라파 앱도 없다. 물론, 예린의 핸드폰에만 특별히 있었던 것이지만.

'내가 도와줘야 하는 사람이라고?'

혜율은 핸드폰을 보면서 말했다.

"병원에 예약은 해 놨는데, 상담받아도 별로 도움이 되지 않는 것 같아요. 예린 님은 어떻게 나은 거예요? 의사가 도움을 많이 줬나요?"

"약을 먹은 것이 그나마 버티는 데 도움이 되었는지는 몰라도 의사와 상담한 것이 큰 도움이 되지는 않았어요."

"그럼, 스스로 이겨낸 거예요? 아니면 무슨 특별한 방법이 있었나요?"

예린은 순간 혜율이 안쓰러웠다. 혜율은 죽고 싶어 하는 것 같지만 사실은 살고 싶은 것이다. 마치 자기 좀 살려 달라고,

살고 싶다고 비명을 지르는 것 같았다.

'죽음을 선택하는 사람들도 죽고 싶어서라기보다 더 이상 견딜 힘이 없어서 죽는 것이겠지.'

혜율은 간절한 눈빛으로 예린의 대답을 기다리고 있었다.

"우선은 수다를 많이 떤 것이 도움이 되었어요."

"정말이요?"

"혼자서 모든 힘듦을 마음속에 묻어 두고 있으면 더 힘들 수밖에 없어요. 저는 힘들 때는 누군가에게 털어놓고 함께 수다 떠는 것이 도움이 된 것 같아요."

"그렇지만, 저는 친구가 많지도 않고, 친구한테 그런 힘든 얘기를 하고 싶지도 않더라고요."

"사실 친구라고 해도 같은 아픔을 겪어 본 적이 없다면 공감하기가 쉬운 일은 아닌 것 같아요. 저에게 수다 떨면 어때요? 저도 질병을 겪었으니까 편하게 말해도 되지 않을까요?"

"그래도 될까요? 저도 예린 님하고는 공감대가 있으니까 얘기하기가 편할 것 같아요."

"마음이 아플 때는 뭔가 이유가 있을 거예요. 무엇 때문에 힘들었는지 얘기해 줄 수 있어요?"

 혜율은 지난 시간을 돌이켜 보았다. 그 시간이 마치 영화 속 영상처럼 스치고 지나갔다. 혜율은 숨을 크게 한번 내쉬고는 자신의 이야기를 하기 시작했다.

 혜율은 어릴 적부터 공부를 꽤 잘했다. 부모를 힘들게 한 적이 별로 없었고, 청소년기에도 그 흔한 사춘기도 없이 그저 착실하고 말 잘 듣는 학생이었다. 그런데, 중학교 3학년 초부터 아빠의 사업 실패로 인해 평화롭던 집안이 한순간에 무너지기 시작했다.

 경제적인 어려움은 화목했던 가정을 무너뜨렸고, 결국 혜율의 여동생 유민은 엄마와 함께 외할머니 댁에 가서 살게 되었다. 혜율은 반지하 빌라로 옮겨서 아빠와 둘이 살게 되었다.

 빚더미에 올라앉은 아빠가 혜율에게 해 줄 수 있는 것은 제한적이었다. 혜율은 자연히 말수도 없어졌고, 어두워졌다. 재기를 위해 새로운 사업을 시작한 아빠는 바빠서 말을 걸 겨를도 없었다.

오랜만에 따로 떨어져서 살게 된 엄마와 여동생 유민과 만났을 때 혜율은 자신의 외로움과 어려움을 털어놓고 싶었다.

"어떻게 지내고 있니?"

"힘들어."

가족들이 흩어져서 아빠와 둘만 살게 된 이후로, 누군가에게 힘들다는 말을 꺼낸 것은 그때가 처음이자 마지막이었다.

"무엇이 가장 힘든데?"

"엄마가 보고 싶으니까. 그리고, 유민이도."

혜율이 가장 먼저 꺼낸 그 말을 듣고, 자신을 위로해 줄지 알았던 엄마의 입에서 나온 대답은 뜻밖이었다.

"넌 아빠와 함께 사는 것이 더 좋지 않니?"

엄마의 말에 유민도 맞장구치며 말했다.

"맞아. 언니는 원래 엄마보다 아빠를 더 좋아했잖아?"

혜율은 할 말을 잃었다. 자신의 힘듦을 엄마가 위로해 주고, 앞으로 서로 더 자주 연락하면 좋겠다는 생각에서 어렵게 꺼낸 속마음이었다.

하지만, 엄마와 유민의 말에 혜율은 말없이 짜장면 한 젓

가락을 입에 넣었다. 입맛도 뚝 떨어진 탓에 짜장면도 먹다가 말아서 금세 불어 터져버렸다.

"언니는 입맛이 별로 없나 봐."

유민은 그렇게 말하고는 탕수육을 꾸역꾸역 잘도 먹었다.

그날 이후로 혜율은 더욱 어두워졌다. 어쩌다가 아빠와 집에서 마주치면 고작 공부 잘되냐는 말이 전부였다.

학교생활은 어떤지, 힘든 일은 없는지, 용돈은 부족하지 않은지 물어보는 일은 없었다. 가끔 한 번 마주칠 뿐인데도 한숨만 쉬고 있는 아빠를 보고 있으면 더욱 힘이 빠졌다.

하기는 물어봐도 할 말도 없을뿐더러 용돈을 더 줄 형편도 안 된다는 것을 혜율도 알고 있다.

혜율은 하루하루가 힘들었지만, 악착같이 공부했다. 반드시 서울대에 입학해서 흔히 말하는 성공의 길을 가리라고 다짐했다.

고등학교 때 혜율에게 유일하게 위안이 되는 것은 "너 정도의 성적이라면 서울대에 갈 수 있을 거야!"라는 담임의 말이었다. 서울대에 진학하기만 하면, 그 누구도 혜율을 무시하지 못할 것이고 취업하면 경제적 어려움에서도 벗어날 수 있을 거라는 희망을 품고 어려운 순간을 견뎌냈다.

예린의 목표는 대학 합격 후 장학금을 받고, 알바를 하면서 기숙사나 원룸에서 독립생활을 하는 것이었다.

그런데, 수시를 한 달 앞두고, 장염에 걸리는 예기치 못한 일이 생긴 것이다. 병원에 제때 가지 못해 치료가 늦어졌고, 결국 수시와 수능을 모두 망치고 말았다. 명문대에 갈 수 있는 성적을 받았음에도 불구하고 혜율은 경제적인 여건을 고려해 장학금을 받고, 국립대에 진학하는 길을 선택했다. 어쩔 수 없는 선택이었다.

1년간 학교 기숙사 생활 후, 2학년이 되면서 기숙사에서 나와야 했다. 혜율은 아빠가 사는 반지하 빌라로 돌아가는 대신 고시텔에서 생활하는 것을 선택했다. 하지만 고시텔에서 생활은 스트레스였다. 창문이 없어 환기도 되지 않았고 화장실이나 샤워실을 다른 사람들과 함께 사용해야 했다. 무엇보다 좁고 불편했다. 잠을 깊게 못 자는 날이 늘면서 불면증이 오기 시작했고, 그동안 여러 가지 감정들이 쌓이면서 우울증과 공황장애가 찾아왔다.

혜율은 자신이 겪었던 일을 차분히 말하기 시작했다.

"병원에 가서 약을 처방받아서 먹고, 의사와 상담을 해도 나아지지 않았어요."

"사람마다 다르겠지만, 저도 상담은 크게 도움이 되지 않았던 것 같아요."

"이대로 살다가 죽을 것 같다는 생각도 들었고, 어떻게 하면 덜 고통스럽게 죽을 수 있을지 그런 생각을 하면서 걷고 있었는데 예린 님이 말을 건 거예요."

"정말 많이 힘들었겠어요."

"음…… 살아도 사는 것 같지 않아요. 지금도 엄마와 아빠에 대한 원망 때문에 정말 힘들어요. 누군가를 원망하는 것 자체가 힘든 건데, 하필이면 그 대상이 엄마와 아빠라서요."

예린은 공감하지 않을 수 없었다. 혜율을 어떻게 위로해야 할지 고민하고 있는데, 알림이 울렸다. Cure 앱에서 메시지가

와 있었다.

오렌지 카페 안에는 사람의 진심을 알 수 있는

true feelings room이 있습니다.

실제 상대방과 영상 통화를 하는 것은 아니지만,

오렌지 카페와 Cure 앱의 연동된 기능을 통해

상대방의 진실한 얘기를 들을 수 있습니다.

영상 통화가 가능한 방은 예약한 사람만 들어갈 수 있습니다.

예린은 메시지를 읽고 나서 혜율에게 말했다.

"미안해요. 잠깐만요."

예린은 Cure 앱의 채팅창에다 질문했다.

> 예약하지 않았는데, 어떡하죠?

>> 이 앱에서 예약할 수 있어요. 오렌지 카페를 선택하고, true feelings room을 선택하세요. 예약 날짜와 시간을 선택하라고 나오면, '지금 예약'을 선택하시면 됩니다

예린은 예약을 끝내고 다시 물었다.

> 이제 예약을 마쳤어요.
> 직원에게 말하고 들어가면 되나요?

> 그럴 필요 없어요. 예약된 방 손잡이 부근에 오렌지 폰을 갖다 대면 잠김이 풀리는 소리가 나면서 저절로 열릴 거예요. 고맙습니다

예린은 옆에서 기다리고 있던 혜율에게 말했다.

"잠깐 중요한 메시지가 와서요. 이제 다 끝났어요."

"중요한 메시지라면 더 얘기하셔도 괜찮아요."

"아니에요. 정말 할 얘기는 다 끝났어요. 혜율씨, 장소를 옮기실래요?"

"어디로요? 저는 이 카페가 마음에 드는데요."

"카페 안에 작은 룸이 있어요. 거기로 자리를 옮기자는 거예요."

"아, 그래요? 그럼, 그렇게 해요."

예린은 혜율과 함께 화장실 옆에 있는 1번 방을 찾았다. 앱이 알려준 대로 하자 잠금이 풀리는 소리가 들렸다. 예린은 문을 열고 들어가면서 혜율에게 말했다.

"들어오세요."

방 안에는 마치 피시방을 옮겨 놓은 듯 커다란 모니터와 큰 의자가 놓여 있었다. 혜율은 마시던 음료수를 테이블 위에 올려놓으면서 말했다.

"게임을 할 수 있는 방인가 봐요. 그래서 이 방으로 오자고 하셨어요?"

"아니에요. 이 방은 특별한 체험을 할 수 있는 방이에요."

"체험이요?"

"원하는 사람과 영상 통화를 할 수 있어요. 아마 저 컴퓨터를 통해서 할 수 있을 거예요."

"영상 통화는 핸드폰으로도 할 수 있는데요?"

"상대방과 진짜로 통화하는 것은 아니고요, 이 카페에만 있는 특별한 기능을 이용해서 원하는 사람의 진심과 대화할 수 있거든요. 보통 사람들은 이곳이 평범한 카페인 줄 알고 오겠지만, 이곳은 사실 마음의 치유를 위한 힐링 카페에요."

"그런 것이…… 가능해요?"

"저도 아직 해 본 적은 없어요. 하지만 가능하다고 해서 혜율 님을 이 방으로 안내한 거예요. 누구의 진심과 통화하고 싶으세요?"

혜율은 잠시 생각하더니 대답했다.

"엄마요."

"그러면, 잠깐만요."

예린은 컴퓨터와 모니터 전원을 켰다. 그러자 화면에 다음과 같은 글씨가 나타났다.

상대방의 진심을 알고 싶으신가요?

진심을 알고 싶은 상대방의 이름과 생년월일을 입력해 주세요.

바로 연결됩니다.

혜율은 자막을 읽어보고는 말했다.

"엄마의 진심과 영상 통화를 한다는 게 정말 가능할까요?"

"일단 해 보세요. 그리고, 제가 통화 내용을 듣고 있는 게 불편하시면 헤드셋을 사용하시면 돼요."

"그건 상관없어요."

"일단 여기 앉아 보세요."

혜율은 피시방 의자처럼 큰 의자에 앉았다. 그러고는, 엄마와 이름과 생년월일을 입력하고 엔터키를 눌렀다.

화면에 다음과 같은 글씨가 나타났다.

곧 상대방의 진심과 영상통화가 연결되니,

조금만 기다려 주세요.

잠시 후에 엄마의 얼굴이 나타나자, 혜율은 놀라면서 엄마를 불렀다.

"엄마."

엄마가 웃으면서 혜율에게 말했다.

"혜율아."

엄마의 목소리가 스피커를 통해서 들렸다. 혜율은 놀라면서 잠시 뒤를 돌아보고는 출입문 쪽을 바라보았다. 옆에서 예린이 말했다.

"이 방은 아무나 함부로 들어올 수도 없는 방이에요. 방음도 완벽하니까 걱정하지말고, 통화하세요."

혜율은 다시 화면을 보면서 말했다.

"엄마하고 얘기하고 싶어서 영상 통화 걸었어."

"잘했어, 혜율아. 요즘 어떻게 지내? 무척 힘들지? "

"나, 아파."

"어디가 아픈데?"

"불면증하고 우울증 그리고 공황장애가 걸려서 병원 다니고 있어."

혜율은 서러운 마음이 한꺼번에 밀려와 말하지 못하고 소리 내서 울기만 했다. 그 모습을 영상 속에서 지켜보던 엄마도 아무 말도 하지 못하고 있었다.

8

혜율이 울음을 멈추자, 엄마가 부드러운 목소리로 말했다.

"엄마는 그런 줄도 몰랐구나. 네가 그렇게 힘든지 알지도 못하고 있었어. 혜율아, 미안해. 네가 마음이 아픈 병에 걸린 것은 엄마 때문일 거야. 조금 불편해도 내가 너를 데리고 살았어야 했는데, 넌 아마 버림받은 기분이었을 거야."

"알면서 왜 유민이만 데리고 외할머니 댁에서 살았던 거야? 아빠와 둘이 살면서 내가 얼마나 힘들었는지 알아? 밥도 제대로 못 먹었다고."

"혜율아, 미안해. 그게 사정이 있었어. 네가 가 본 적이 없어서 모르겠지만, 이사한 외할머니 집에 방이 두 개뿐이야. 엄마와 유민이도 둘이서 겨우 잘 수 있을 만큼 좁은 방에서 지내고 있거든. 그리고, 아빠가 소심하기도 하고 할 줄 아는 요리도 없잖아. 네가 아빠를 좋아하기도 한데다가 무엇보다 네가 말이라도 붙여 주면, 너도 그렇고 아빠도 그렇고, 서로에게 도움이 될 거라는 생각도 했어."

"그렇지만 아빠는 나에게 말도 잘 걸지 않고, 내가 말을 걸어도 대답도 잘 하지 않고, 용돈도 잘 주지 않았어. 난 이렇게 힘든데 엄마와 유민이는 행복하게 사는 것 같아서 엄마가 너무 원망스러웠어."

"네 마음 잘 알아. 아빠는 일밖에 모르던 사람이잖아. 사업 실패로 가족이 뿔뿔이 흩어지게 되는 상황이 되니까 여러 가지로 의욕이 떨어져서 그랬을 거야. 돈이 있는데 너한테 주지 않을 사람도 아니고……. 엄마와 유민이도 힘들었어. 엄마가 일을 할 수 없을 만큼 건강이 좋지 않았거든. 외할머니한테 얹혀사는 것도 미안한데, 밥까지 얻어먹는 상황이 되니까 몸도 마음도 무척 힘들었어. 유민이한테도 용돈을 거의 못 준 것은 마찬가지였고……."

"엄마는 어디가 아팠는데?"

"서서 일하다 보니 허리에 디스크가 생겼어. 몇 시간 서 있으면 견딜 수 없이 아파서 치료를 받으러 다녔는데, 치료 비용도 만만치 않더라고. 지금은 많이 좋아졌지만, 그때 상황이 많이 안 좋았어. 너에게 무관심했던 것이 아니었어. 그래도 엄마가 연락이라도 자주 했어야 했는데 미안해, 내 딸. 얼마나 힘들었니? 엄마가 정말 미안해."

엄마는 그렇게 말하면서 흐느껴 울었다. 혜율도 울음이 터져 나와서 견딜 수 없었다. 엄마와 혜율은 영상을 통해서 서로를 바라보다가 한참을 함께 소리 내서 울었다. 혜율은 울음을 간신히 참으면서 말했다.

"엄마도 많이 힘들었구나. 그런 일이 있었으면 말이라도 해 주지. 그런지도 모르고…… 미안해. 난 엄마한테 버림받은 기분이었는데, 이제는 왜 그랬는지 알 것 같아."

"경제적인 어려움이 있어도 포기하지 말고, 극복해야지. 엄마도 디스크 잘 치료하도록 노력할 테니까 너도 빨리 치료할 수 있도록 노력해. 우리 서로 노력해 보자."

"나도 노력할 테니까 엄마도 빨리 나아."

"그럴게. 너도 힘들겠지만, 아빠한테 연락이라도 해 봐."

"아빠가 미워서 고등학교 졸업하자마자 아빠 집에서 나왔는데, 엄마 말 들어보니까 아빠도 힘들 것 같아."

"그래, 혜율아. 아빠도 일부러 사업 실패한 것도 아니고 가족을 위해 힘쓰다가 뜻대로 잘 풀리지 않아서 그런 거니까 너무 미워하지 마. 엄마도 아빠 원망하지 않아. 최근에 전화도 여러 번 했고, 유민이가 아빠 보고 싶다고 해서 함께 만나기도 했어. 너도 함께 만났으면 좋았을 텐데, 연락이 안 되더라."

"아무도 만나고 싶지 않아서 내가 핸드폰을 거의 꺼놨었거든. 아빠한테 꼭 연락해 볼게. 엄마도 아프지 말고, 힘내."

"그래. 너도 힘내. 혜율아, 사랑해."

"엄마. 나도 사랑해."

혜율은 영상통화를 마친 후에도 한참 동안 눈물을 흘렸다. 예린은 티슈를 꺼내 혜율에게 내밀었다. 혜율은 눈물을 닦으면서 말했다.

"이렇게 엄마의 진심과 통화할 수 있어서 기뻐요. 엄마랑 직접 전화했다면 이렇게 서로 속마음을 털어놓고 말하기 힘들었을 거예요. 조만간 아빠에게도 연락하고 찾아가 보려고요. 실컷 울고 나니까 마음에 맺혀있던 응어리가 뻥 뚫리는 것 같아요. 엄마의 진심을 알아서 그런 것 같기도 하고요. 이 방은 정말 신기한 방인 것 같아요. 예린 님 덕분이에요."

"도움이 되었다면 다행이에요."

"그런데, 예린 님은 무엇 때문에 그렇게 힘들었어요?"

예린은 덤덤하게 자신의 얘기를 들려주었다.

"남자 친구 때문에 우울증이나 공황장애가 온 건가요?"

"꼭 남자 친구 때문만은 아니에요. 그 전부터 자존감이 없었거든요."

"왜 자존감이 없었는데요? 예린 님은 지금 누구보다도 밝고 예뻐 보여요."

"저는 혜율 님과는 달리 학교 성적 때문에 자존감이 없었어요. 엄마는 저를 엄마 친구의 딸이나 같은 동네 친구와 늘 성적을 비교하면서 혼냈거든요."

"아……."

예린은 자기 청소년 시절을 생각했다. 한창 멋 내는데 관심이 많은 나이라서 가끔 화장품 샵에 가서 구경하기도 하고, 새로 나온 틴트를 구매해서 써 보기도 했다.

엄마는 그런 예린을 탐탁하게 여기지 않았다. 잠깐씩 핸드폰을 보는 것조차 못마땅해할 정도로 예린이 쉬고 있는 꼴을 못 보고 공부 타령만 했다. 그것에 그치는 것이 아니라 꼭 다른 학생 특히, 엄마 친구 딸 민지와 툭하면 비교했다. 민지는 틀림없이 서울대에 갈 거라면서 늘 민지를 부러워했다.

'그렇게 부러우면 민지를 딸로 삼을 것이지……'

예린은 자신이 공부를 못 하는 것도 아니고, 공부를 안 하고 놀기만 하는 것도 아닌데 억울하기 짝이 없었다. 어릴 때 몇 번 본 것 외에는 별로 어울린 적도 없는 엄마 절친의 딸 민지라는 여자애가 얄미워죽을 지경이었다.

오랫동안 같은 아파트에서 엄마와 친하게 지내는 아줌마의 딸, 승아라는 여자애도 이유 없이 밉기는 마찬가지였다.

'민지와 승아랑 같은 동네만 살지 않았어도……'

공부를 잘한 죄 밖에 없는 민지와 승아는 예린에게 미움의 대상이 되었다.

엄마로 인해 스트레스가 날마다 쌓여갔지만, 예린은 특별히 반항을 하지도 않았고, 엇나가지도 않았다. 엄마가 보기에는 성적이 성에 차지 않을 뿐, 특별히 골머리를 앓게 하는 딸은 아니었다. 그러는 가운데, 예린의 내면은 곪아가고 있었다.

그나마 예린이 고등학교 시절에 숨을 쉴 수 있었던 것은 준규 덕분이었다. 준규와 얘기를 하고 있으면 마음이 편했다. 그리고, 준규는 예린의 마음을 잘 이해해 주었다.

친구로 시작해 대학 입시가 끝난 후로는 자주 만나서 데이트하는 커플이 되었다. 준규는 예린에게 버팀목이었다. 준규의 일로 인해 예린에게 생긴 우울증과 공황장애는 이미 청소년기에 내면이 곪아 있었기 때문이 생긴 질병이었다.

혜율은 예린의 지난 얘기를 듣고는 말했다.
"힘들었던 일을 말해 주시니까 정말 공감이 되네요. 고등학교 졸업 후에 독립생활을 하게 된 것도 저와 같고요."
"그렇죠? 우리 둘 다 집에서 도망친 것은 마찬가지인 것 같아요."
혜율은 예린의 말에 공감하면서 대답했다.
"맞아요. 집 나올 때는 정말 가족에 대한 원망뿐이었어요. 원하는 대학에 진학하지 못한 것도 괴로웠고 가족이라고는 아무도 없는 것 같았어요. 세상에 혼자 버려져 기댈 곳 하나 없다는 절망감이 너무 컸거든요."
"생각해 보면 다른 사람과 관계를 맺고 사는 건 쉽지 않은 것 같아요. 사람을 힘들게 하는 것 또한 관계니까요."

"맞는 것 같아요. 고등학교 때는 내내 외톨이였어요. 자존감을 세우는 방법은 명문대에 진학하는 길밖에 없다고 생각했기 때문에 친구들하고 어울리려고 하지도 않았고, 공부만 했거든요. 공부도 잘하면서 주위에 친구가 많은 애들도 있잖아요. 그런데, 저는 친구들하고 어울리려고 하지 않으니까."

"정말 외로웠겠어요."

"그래도 이 방에서 영상통화를 하고 나니까 가족을 원망하던 마음이 깨끗이 사라지고, 한결 가벼워진 것 같아요. 얼마 전까지는 아무 의욕도 없었고, 도저히 살아갈 용기가 없었거든요."

그것은 예린으로서도 충분히 공감되었다. 불과 얼마 전에 예린도 그랬기 때문이었다.

"죽지 않고 살아갈 힘이 없었어요. 오늘은 어떻게 해서든지 죽을 방법을 찾아야겠다고 생각했는데……."

"그런데, 저를 만났네요."

"말 걸어 줘서 고마워요. 하지만 우리 가족에게 닥친 어려움을 해결하고 앞으로 어떻게 살아가야 할지 모르겠어요."

"저도 같은 일을 겪어 왔으니, 함께 방법을 찾아보시지 않을래요?"

"저에게 과연 희망이 있을까요?"

"희망이 없는 사람은 아무도 없어요. 희망을 버리고, 절망에 갇혀 있는 사람만 있을 뿐이죠. 사고로 팔다리를 잃고 심한 장애가 생겨도 희망을 버리지 않는 사람도 있잖아요."

혜율은 예린의 눈빛을 한참 동안 바라보았다. 불과 얼마 전에 자신과 같은 상황이었고, 절망에 빠져서 죽음을 생각했던 사람이라고는 믿을 수 없는 얼굴을 하고 있었다.

혜율은 엷은 웃음을 띠고 자신을 바라보고 있는 예린을 향해서 말했다.

"부러워요."

"네? 제가요?"

"어쨌든 저하고 같은 처지였지만, 지금은 그 늪을 빠져나오셨잖아요. 무엇인가 상황이 바뀐 건가요?"

예린은 혜율의 말을 듣고 곰곰이 생각해 보았다. 준규는 여전히 사선을 넘나들며 투병하고 있고, 자신의 옆에 없었다.

'그렇다면, 무엇이 달라진 것일까? 무엇이 달라져서 나 따위가 힘든 사람을 앞에 두고 이런 말을 할 수 있는 것일까?'

아무리 생각해 보아도 상황이 바뀐 것은 없었다.

"상황이 달라진 것은 없어요."

"네? 정말요?"

"네."

"상황이 바뀐 것이 없는데, 지금은 우울증과 공황장애 증상도 없어지고, 항우울제와 공황장애약도 끊었다고 하셨잖아요?"

"제 마음이 달라졌거든요."

"네? 어떻게요? 스스로의 힘으로요?"

"아니에요. 저도 주변에 도움을 받아서 변할 수 있었어요. 긍정적인 생각을 하려 애쓰고, 억지로라도 웃으려고 노력했어요."

"그렇게 해서 질병을 치료할 수 있었다는 거예요?"

"네, 잠깐만요. 제가 옆으로 좀 갈게요."

예린은 핸드폰을 들고, 혜율의 옆자리로 가서 앉고는 라파 앱을 켰다. 혜율은 핸드폰을 유심히 보고 있다가 물었다.

"그건 무슨 앱이에요?"

"라파라고 하는 카메라 앱이에요."

"처음 들어보는 앱이에요."

"자, 여기를 보세요."

예린이 셀카 모드로 앱을 설정하자 핸드폰 화면에 예린과 혜율의 모습이 보였다.

"여기 보고 함께 웃는 거예요. 자, 치즈!"

예린은 셀카를 연이어 몇 장 찍었다. 앨범에는 웃고 있는 예린과 딱딱하게 굳은 어두운 얼굴의 혜율이 담겨 있었다.

예린은 사진을 보면서 말했다.

"저도 처음에는 혜율 님과 같은 표정이었어요. 그래서 날마다 이 앱을 켜고 억지로라도 웃으려고 노력했더니 어느 순간부터 지금과 같은 표정으로 바뀌더라고요."

"저는 웃을 일도 없고, 억지로 웃고 싶지도 않아요."

"그건 저도 마찬가지였어요."

"자연스럽게 잘 웃고, 표정도 밝아 보이는데요? 사진 찍는 것만으로 내가 달라진다는 게 가능한가요? 어떻게 그렇게 될 수 있었어요?"

"음…… 그건 누군가가 도와주었기 때문이에요."

예린은 라파 앱과 루리, 그리고 누구보다도 라파에루가 생각났다. 라파에루의 도움을 받아서 마음의 질병을 극복할 수 있었기 때문이었다. 갑자기 자신에게 라파에루를 보낸 엘 샤다이의 존재가 궁금했다.

'결국 엘 샤다이라는 분이 나를 도와주신 건가?'

잠시 생각에 잠겨 있는 예린에게 혜율이 물었다.

"혹시…… 도움을 준 사람이 친구인가요?"

"친구는 아닌데 지금 뭐라고 설명할 수가 없네요."

"아, 그러면 굳이 말씀하지 않으셔도 괜찮아요."

"저도 도움을 받아 치유될 수 있었기 때문에 같은 고통을 겪고 있는 누군가를 돕고 싶었어요."

"그래서 저에게 말을 걸으셨군요."

"맞아요."

혜율은 그렇게 대답하면서 환하게 웃음을 짓고 있는 예린을 보면서 생각했다.

'상황은 다르지만, 나이도 같고 같은 질병을 앓았고 지금까지 몇 년 동안 어려운 시간을 보낸 것도 같은데, 나도 예린처럼 이 힘든 질병을 이겨낼 수 있을까?'

어쩌면 자신을 죽음의 구렁텅이에서 건져내려고 예린을 보낸 것 같다는 생각이 들었다.

"우리 앞으로 친하게 지내요."

"정말요?"

혜율의 말에 예린은 무척 반갑게 되물었다.

"물론이에요. 사실 아까 거리에서 쓰러져 죽어도 슬퍼하거나 저의 죽음에 관해 관심을 가질 사람은 아무도 없을 거라고 생각하면서 걷고 있었어요. 그런데, 예린 님이 뜻밖에 저에게 말을 걸어준 거예요. 처음 보는 사람이지만, 같은 또래의 여자니까 뭔가 안심이 되었고, 인상이 좋아 보였어요."

"아, 다행이에요."

예린은 혜율의 말을 듣고 왠지 기뻤다. 만나서 얘기한 시간은 얼마 되지 않았지만, 자신이 혜율에게 도움이 된 것 같았기 때문이다.

"그렇게 말해주니까 고맙네요."

"그런데……."

"네?"

"나이도 같은데 서로 말 놓는 게 어때요?"

굳이 거절할 필요는 없었다. 어쩌면 반말로 대화하면 더 친근해질 수 있을 거라는 생각도 들었다.

"좋아요."

"정말이죠? 그럼, 먼저 반말로 말해 주세요."

예린은 혜율의 얼굴을 바라보면서 웃으면서 대답했다.

"알았어. 지금부터 말 놓는 거야."

예린과 혜율은 마치 오랜 친구처럼 수다를 떨기 시작했다. 살아온 길은 다르지만, 수년 동안 힘든 시기를 보냈고 같은 질병으로 고통받았다는 공감대가 형성되어 뭔가 할 말이 많았다. 저녁이 다 되어서야 혜율이 말했다.

"이제 일어나야겠어. 힘이 없어서……."

"얼굴을 보니까 기운이 없어 보이네."

"요즘 아무것도 통 잘 먹지 못했거든."

혜율의 얼굴은 정말 피골이 상접한 모습이었다. 그것은 불과 얼마 전까지의 예린의 모습이기도 했다.

"참, 폐쇄 공포증은 없어?"

4장
라파에루의 제안

9

예린의 질문에 혜율이 대답했다.

"폐쇄 공포증은 없는데, 고소 공포증이 있어. 지금 살고 있는 곳은 저층이라 괜찮지만, 고층 아파트에서 살고 있다면 숨 막혀 죽을 거야."

"놀이기구도 못 타겠네?"

"사실, 고소 공포증 때문에 높은 건물이나 한강 다리에서 뛰어내릴 수 없어서 죽는다면 어떻게 죽어야 하나 계속 고민해 왔어. 그리고, 원래 겁이 많기도 하고……."

"나도 같은 고민을 했었어. 도저히 살 힘이 없어서 죽고 싶은데 어떻게 죽어야 할지 무섭고, 살아 있는 것도 무섭고 그런 기분이었어."

"지금은 죽고 싶은 생각 같은 건 안 들어?"

혜율의 물음에 예린은 즉각 대답했다.

"응, 지금은."

"전에 어떤 모습이었는지 궁금하다."

"내 사진 볼래?"

예린은 처음에 찍었던 사진과 최근에 찍은 사진을 비교해서 보여 주었다.

"이게 정말 같은 사람이야? 둘 다 너 맞아?"

"응, 나야."

"어쩌면 이렇게 달라 보일 수가 있지?"

"너도 그렇게 될 수 있어."

"도와줄 거지?"

"물론이지. 다 나을 때까지 도와줄게."

"그럼, 아무 때나 연락해도 괜찮아?"

"그럼. 언제든지 통화 가능하고, 만날 수도 있어."

"하긴 우리 둘 다 휴학생이니까."

"그런데, 전화 포비아가……."

"전화 공포증 있어? 나도인데……."

"전화 포비아가 심했고, 지금은 좀 괜찮아졌는데 여전히 전화는 별로 받고 싶지 않아서 핸드폰을 언제나 무음으로 해 놓고 있어. 그래도 핸드폰 확인은 자주 하니까 네 번호 찍혀 있으면 바로 전화할게."

"나도 전화받기 정말 싫지만, 예린이 네 전화라면 언제든지 환영이야. 만나서 얘기하는 건 훨씬 더 좋고."

"그래. 언제든지 또 만나자."

"처음부터 느낀 건데 오렌지 카페 안에 들어오니까 마음이 편안해지는 것 같아."

"정말?"

"아까 처음 들어올 때부터 뭔가 느낌이 좋았어. 여기에서 너하고 얘기하는 동안에도 갑자기 숨이 막힐 것 같은 증상도 없고 편했거든. 너 때문인지 이 카페 때문인지 아니면 둘 다 인지 모르겠지만."

예린은 말없이 웃기만 했다.

"다음에도 이 카페에서 만날까?"

"좋아. 그때는 맛있는 것도 많이 먹자."

예린과 혜율은 오렌지 카페를 나와 작별 인사를 했다. 처음 봤을 때보다 밝아진 혜율의 모습을 볼 수 있어서 예린은 왠지 흐뭇했다.

혜율의 뒷모습을 보고 있다가 돌아서려던 예린은 깜짝 놀랐다. 자신의 앞에 라파에루가 서 있었다.

"어? 라파에루 님."

"조금 전에 여자분과 헤어지는 모습 봤어요."

"아까 우연히 마주쳤는데, 왠지 모르게 말을 걸고 싶었어요. 그런데 뜻밖에도 잘 대답해 주어서 함께 오렌지 카페에 가서 한참 동안 얘기하고 왔어요. 알고 보니까 저와 똑같이 우울증과 공황장애를 겪고 있었고, 나이도 같고, 휴학생인 것도 같더라고요."

"정말 잘하셨어요."

"그런데, 아까 그 친구가 오렌지 카페 느낌이 좋았다고 하더라고요. 아까 헤어지기 전에 그런 말을 했거든요. 저 때문인지, 아니면 오렌지 카페에 있어서인지 저하고 얘기하는 동안에 공황장애 증세가 나타나지 않았다고요."

"그건 예린 님 때문이기도 하고, 오렌지 카페 때문이기도 해요."

"정말요?"

"예린 님의 밝고 긍정적인 에너지가 혜율 님에게 전해졌기 때문에 활력을 얻었을 것이고요. 오렌지 카페는 엘 샤다이님의 영향력이 미치는 곳이라, 그 자체로 힐링을 주는 공간이기도 해요."

예린은 라파에루의 말을 들으면서 왠지 기뻤다.

"라페이루님. 저는 완전히 치유된 걸까요?"

"아직 치유가 다 된 건 아니에요. 물론, 다른 사람을 도울 만큼 좋아졌긴 하지만, 완전한 치유를 위해서는 마음속의 쓴 뿌리를 제거하는 것이 꼭 필요해요."

"마음속의 쓴 뿌리라면……."

"어린 시절이나 청소년 시절에 힘들었던 기억이 있죠?"

"네. 엄청 많이요."

"우울증이나 공황장애에 걸린 사람들, 또는 마음이 상해 있는 사람들의 원인을 찾아보면 결국은 과거의 쓴 뿌리 때문이에요. 전문적인 의학 용어는 아니지만, 쓴 뿌리는 마음속에 깊게 남아 있는 상처나 트라우마를 뜻하는 말이에요. 예린님도 지난 시절 마음속에 있는 남아있는 상처를 치유받아야 완전하게 낫을 수 있어요."

"어떻게 하면 치유받을 수 있을까요?"

"엘 샤다이 님의 좋은 기운이 예린 님의 마음속의 상처에 깊이 전해질수록 상처는 점점 작아지다가 완전히 치유될 거예요. 그러니까 제가 했던 말, 절대 잊지 마세요. 말의 힘은 무척 강하다고 했죠? '난 치유될 거야!', '난 반드시 이겨낼 거야!', '앞으로 나는 나 자신도 치유되고 다른 사람을 치유하는 삶을 살 수 있을 거야!' 항상 이렇게 마음속으로 늘 외치세요. 집에 혼자 있을 때는 소리 내서 외쳐도 좋아요!"

"잊지 않을게요."

"오늘 정말 잘했다고 격려해 주려고 찾아온 거예요."

"제가 정말 잘했나요?"

"혜율 님이 예린 님과 헤어질 때의 표정을 잠깐 봤는데, 한 줄기 빛을 발견한 듯한 얼굴이었어요. 앞으로도 큰 힘이 되어 주세요. 예린 님으로 인해 혜율 님도 마음의 질병을 극복할 수 있을 테니까요."

"꼭 그렇게 도움이 되도록 할게요."

"또 찾아올게요. 그럼……"

라파에루는 미소를 지으며 예린에게 손을 흔들어서 작별 인사를 하고는 언제나처럼 사라졌다.

그날 이후로 혜율은 예린에게 자주 연락을 했다. 메시지를 주고받다가 전화하기도 했다. 그래도 처음 만났던 날보다는 점점 목소리가 밝아지는 것 같았다.

"난 정말 너처럼 꼭 회복되고 싶어. 전에는 약을 영영 끊지 못할 거라고 생각했는데, 너를 만나고 나서 희망이 생겼어."

"꼭 회복될 수 있을 거야."

"내일 시간 있어?"

"응."

예린과 혜율은 오렌지 카페에서 만나서 여러 가지 얘기를 하다가 예린은 핸드폰을 꺼내 들었다.

"오렌지 폰 3네?"

"응, 체험단 활동하다가 운 좋게 내가 갖게 되었어."

"폰이 정말 예쁘게 생겼네?"

"이걸로 셀카 찍을래?"

예린이 그렇게 말하자, 혜율은 예린의 옆자리로 와서 앉았다. 예린은 라파 앱을 열고, 카메라를 켰다.

"자, 나처럼 억지로라도 웃어 봐."

혜율은 예린의 얼굴을 슬쩍 쳐다보고는 말했다.

"넌 억지로 웃는 것이 아닌데? 정말 자연스러워."

그렇게 말하면서 혜율도 밝게 웃음을 지었다. 예린은 그 순간을 놓치지 않고, 사진을 연달아 몇 번 찍었다. 그러고는 방금 찍은 사진을 혜율에게 보여 주면서 말했다.

"이 정도면 얼굴이 무척 밝아 보이는데?"

"정말이야?"

"네가 보기에도 그렇지 않아?"

"응. 그런 것 같아. 내가 이런 얼굴로 셀카를 찍게 되다니 신기하다. 뷰티 앱으로도 찍지 않을래?"

"좋아."

예린은 뷰티 앱을 열고, 카메라를 작동시켰다.

"어떤 모양이 좋아?"

"난 고양이하고 토끼."

예린은 고양이와 토끼 모양으로 번갈아 가며 혜율과 함께 사진을 찍었다.

"우리 둘 다 엄청 귀엽게 나왔는데?"

"너도 그렇게 웃으니까 이렇게 귀엽게 나오잖아. 아무튼 평소에 혼자 있을 때도 셀카 찍으면서 이렇게 웃어 봐. 넌 악령의 존재를 믿어?"

"내가 죽고 싶은 생각이 들 때나 뉴스에서 잔인한 살인 사건이 일어났다는 소식을 들을 때마다 그런 존재가 있지 않을까 싶기도 해."

"그렇다면 기억해. 악령은 언제나 긍정적인 생각을 가지고 있는 사람에게는 다가오지 못해. 그 대신 찡그리고, 분노하고 있고, 부정적인 생각을 가지고 있는 사람에게는 거머리처럼 달라붙을 거야."

"악령이 있으면 다른 존재도 있을까? 그 반대되는 존재 말이야."

"물론 있지. 긍정적인 생각을 갖게 하고, 소망을 갖게 하고, 절망을 이겨내게 하니까."

예린은 엘 샤다이의 존재나 라파에루의 존재에 대해 말해도 혜율이 이해하지 못할 것 같아서 거기까지만 얘기했다.

"수다 떨었더니 배고프다. 밥 먹으러 갈래?"

"그러자."

저녁이 되자, 예린과 혜율은 오렌지 카페에서 나왔다. 카페를 나오면서 혜율이 말했다.

"신기하게도 오렌지 카페에만 오면 뭔가 기분이 좋아지고, 힘도 나는 것 같아. 너하고 함께 있어서 그런가?"

"다른 건 몰라도 오렌지 카페는 아주 좋은 곳이야."

"그럼, 나중에 또 와야겠다."

예린과 혜율은 뭘 먹을까 이야기하다 눈에 띄는 음식점을 가기로 했다. 음식을 먹으면서도 둘의 이야기는 끊이지 않았다. 그 날, 헤어지면서 혜율이 말했다.

"예린아, 나한테 시간내 줘서 고마워."

"고맙기는? 어차피 백수인데 뭐……."

"너와 함께 있으면 힘이 나는 것 같아. 혹시 너, 마법의 능력 같은 거 가지고 있니?"

"마법?"

혜율이 만화 같은 얘기를 하자 예린은 순간적으로 웃음이 나왔지만, 그 말을 듣고 마음속으로 곰곰이 생각했다.

'라파에루 님을 만났을 때 내가 남을 돕는다면 특별한 능력이 생길 수도 있다고 했어. 상대방을 힘이 나게 하고 기분도 좋아지게 하는 것이 그 특별한 능력일까?'

그 후로 한 동안 혜율에게서 연락이 자주 오지는 않았다. 예린이 메시지를 보내면 간단하게 대답할 뿐이었다. 그러던 어느 날, 혜율에게서 전화가 걸려왔다. 왠지 목소리가 다른 때보다도 밝았다.

"예린아. 나, 오늘 병원에 다녀왔는데 우울증 약과 공황장애 약 끊어도 된대."

"정말?"

"응. 요즘 우울하거나 불안한 마음도 별로 없고 왠지 마음이 편했는데, 원장님이 다 나았다고 했어."

"와, 정말 축하해!"

"아빠도 만나고 왔고, 엄마와 유민이도 만났어. 그래서 너에게 자주 연락 못 한 거야."

"난 괜찮아. 가족들을 만났다고 하니까 내가 기쁘다. 어쨌든 나은 것을 축하해."

"네 덕분이야. 맛있는 거 사 주고 싶은데 시간 내 줄래?"

"그야 얼마든지 환영이야."

"우리 조만간에 만나자."

전화를 끊자, 혜율에게서 몇 장의 사진이 왔다. 환하게 웃고 있는 혜율의 셀카 사진과 함께 메시지도 왔다.

> 최근에 찍은 셀카야. 너에게 꼭 보여 주고 싶었어
> 다음에 만날 때 이런 모습 보여 줄게

예린은 밝아진 혜율의 사진을 보고 나니 마음이 한결 가벼워지고 자기의 일처럼 기뻤다. 그때 다음과 같은 메시지가 도착했다.

< 이예린 님의 현재 멘탈 스탯은 55.0입니다 >

'스탯이 55로 올라갔네? 내가 누군가에게 도움을 주어서 그런가?'

예린은 죽음을 생각하며 절망에 빠져있던 자신이 다른 사람에게 도움을 주었다는 것이 신기하기만 했다. 마음 한켠에 뭔지 모를 자존감도 한층 높아진 것 같았다.

'오랜만에 외식이라도 할까?'

혼밥에 익숙한 예린은 혼밥하기에 적당한 음식점을 많이 알고 있었다. 음식점으로 걸어가고 있는데, 뒤에서 목소리가 들렸다.

"예린 님."

깜짝 놀라서 뒤를 돌아보니 라파에루가 웃음을 머금고 예린을 바라보고 있었다.

"어? 라파에루 님."

"첫 번째 미션을 잘 수행한 것을 축하해요."

"알고 계셨군요."

"그럼요. 계속 관심을 가지고 지켜보고 있으니까요. 도움을 받은 사람이 회복되니까 예린 님도 기쁘시죠?"

"그럼요."

"예린님의 도움을 받은 혜율 님도 마음의 질병으로 고통받고 있는 다른 누군가를 도와줄 거예요. 악한 영향도 다른 사람들에게 퍼지지만, 반대로 선한 영향도 얼마든지 사람들에게 퍼질 수 있으니까요."

"그렇게 되면 좋겠어요."

"예린 님은 이제 마음의 고통을 겪고 있는 또 다른 사람을 만나게 될 거예요. 그 전에 제안하고 싶은 것이 있어요."

"어떤 제안인데요?"

"예린 님의 가장 큰 소원은 남자 친구 준규 님을 만나는 거잖아요?"

"네."

준규의 이름만 나와도 예린은 눈물이 날 것 같았다.

"준규 님을 살릴 수 있어요."

라파에루의 말에 예린은 자신의 귀를 의심했다.

"네? 정말이요? 정말 살릴 수 있어요? 어떻게요?"

"엘 샤다이 님은 사람의 병을 고칠 수도 있고, 살릴 수도 있습니다. 다만, 사람마다 살 수 있는 시간이 정해져 있기 때문에 죽어가는 사람을 무조건 살리지는 못해요. 대신 누군가의 생명을 살리기 위해서는 반드시 희생이 필요합니다."

예린은 라파에루의 말에 모든 신경을 쏟고 있었다. 준규를 살릴 수 있다니…… 준규를 살릴 수 있다면 어떤 일이라도 감수하고 싶었다.

"그러면…… 저의 희생이 필요한 건가요?"

"어쩌면 희생이라고 할 수도 있겠죠."

"제가 어떻게 하면 되나요?"

"흠……."

라파에루는 갑자기 심각한 얼굴로 잠시 말을 멈추었다.

"준규 님의 기억에서 예린 님이 잊혀져도 괜찮은가요?"

"네?"

10

예린은 라파에루의 말을 이해할 수 없어서 대답하지 못하고 있었다. 라파에루가 다시 말했다.

"예린 님의 희생은 준규 님의 기억에서 잊혀지는 겁니다. 그래도 상관없다면 준규 님의 병은 완치되고, 두 분께 한 달의 시간을 드리겠습니다."

"한 달…… 이요?"

"네. 한 달째 되는 자정이 되면 준규 님은 예린 님의 존재를 기억하지 못할 것입니다. 그래도 괜찮으시겠어요?"

예린은 라파에루의 말을 듣고 잠시 생각에 잠겼다.

고작 한 달 동안 준규와 만나는 것은 큰 의미가 없다. 게다가 준규의 기억 속에서 영원히 지워진다는 것은 상상하고 싶지 않다. 하지만 예린의 소원은 준규를 단 한 번만이라도 만날 수 있게 해 달라는 것이었다.

'어떻게 해서든지 준규를 살리고 싶어. 살릴 수만 있다면 다른 것은 중요하지 않아.'

어차피 준규를 다시는 만나지 못하고 이대로 죽게 하는 것보다 준규의 기억 속에서 사라지더라도 준규를 살리는 것이 중요했다. 더 이상 고민할 필요도 없는 일이었다.

"네. 그렇게 할게요."

"준규 님을 살리기 위해서 준규 님의 기억 속에서 지워지는 것을 감수하시겠습니까?"

"네!"

예린은 어떻게 해서든지 준규를 살리고 싶었고, 한 달 동안 준규와 만날 시간이 주어진다는 것도 기대하지 않았던 선물일 수도 있었다.

"좋습니다. 지금 저와 약속하시는 겁니다. 예린 님은 준규 님을 살리는 대신, 준규 님의 기억 속에서 영원히 사라지게 됩니다. 물론, 한 달의 시간이 주어지겠지만, 준규 님의 기억 속에서 지워지고 나면 다시는 만날 수 없을 거예요."

"괜찮아요. 어차피 준규를 살리지 못한다면 다시 만날 수 없는 건 마찬가지니까. 준규를 살릴 수만 있다면 기억이 사라지는 것쯤 상관없어요."

"좋아요. 그리고, 또 한 가지 조건이 있습니다."

"어떤 조건이죠?"

"한 명의 생명을 살린 것처럼 또 한 명의 죽어가는 생명에게 도움을 주세요."

예린은 대답 대신에 라파에루의 얼굴을 바라보고만 있었다. 라파에루가 다시 말했다.

"물론, 마음이 병들어서 죽어가고 있는 모든 사람을 예린 님이 도울 수는 없어요. 한 명의 생명을 혜율 님을 도왔던 것처럼 그렇게 도와주시면 됩니다. 그러면 예린 님의 미션은 완료되고, 건강한 모습의 준규 님과 다시 만날 수 있을 거예요."

"그렇게 할게요."

"조만간에 홍대 쪽에 나가 보세요. 지금 도움이 필요한 누군가를 만나게 될 거예요. 예비된 만남이 있을 테니까요. 이번 미션도 잘 수행해 내시기를 바랍니다. 저도 늘 예린 님을 지켜보면서 응원하겠습니다."

"네."

라파에루는 사라지고 없었다.

예린은 며칠 동안 준규를 살릴 수 있다는 라파에루의 말을 곱씹고 있었다.

'살릴 수만 있다면, 아니 반드시 살리고 말 거야.'

예린은 남은 또 한 가지의 미션을 잘 수행하고 준규를 반드시 다시 만날 거라고 결심했다.

며칠 후, 예린은 신경 써서 화장하고, 하얀색 롱 원피스를 입고 집을 나섰다.

'오늘은 어느 쪽으로 가 볼까?'

홍대 입구 6번 출구 쪽으로 나가자, 경의선 책거리가 나왔다. 주위를 둘러보며 몇 걸음을 걸었을 때 벤치에 혼자 앉아 있는 몸집이 통통한 단발머리의 여자가 눈에 띄었다. 고개를 떨구고 있어 얼굴은 보이지 않았지만, 말을 걸어 봐야겠다는 생각에 예린은 천천히 여자 쪽으로 다가갔다.

여자와 거리가 가까워지자, 예린의 핸드폰에서 Cure 앱의 진동과 함께 알림음이 들리기 시작했다. 한숨을 쉬고 있던 여자는 소리가 들리자 무심코 고개를 들어서 예린을 쳐다보았다. 여자와 눈이 마주치자, 예린은 그녀의 눈빛이 좌절감으로 가득하다는 느낌이 들었다.

"잠시 옆에 앉아도 될까요?"

단발머리 여자는 예린을 보면서 물었다.

"무슨 일이세요?"

"안심하세요. 이단이나 사이비 종교 전하는 사람은 아니에요. 혼자 계신 것 같아서 왠지 말을 걸고 싶었어요. 저도 혼자 나왔거든요. 혹시 혼밥이나 혼여 같은 거 즐기시나요?"

단발머리 여자는 예린을 의심의 눈으로 한참 동안 바라 보고 있다가 대답했다.

"혼자 하는 거 자체를 좋아하지 않아요. 어쩌다 보니 혼밥하는 처지가 됐지만요. 그런 건 왜 물어보시는 거죠?"

"저는 혼자 살아서 혼밥 많이 먹거든요."

"뭐하시는 분이에요?"

여자는 경계심이 가득한 목소리로 물었다.

"대학교 2학년 1학기 마치고 휴학 중이에요."

"그러면 갓 스무 살이네요. 어려서 좋으시겠네요. 아, 나도 다시 어려지고 싶다."

"지금도 어려 보이세요."

"며칠 전에 스물 아홉번째 생일이었어요."

단발 머리 여자는 기운없는 목소리로 그렇게 대답한 후에 입을 다물었다. 그러고는 예린이 갈 기미가 보이지 않자 귀찮다는 듯 말했다.

"제가 얘기할 기분이 아니거든요? 그냥 혼자 있게 다른 곳으로 가 주실래요?"

그러나, 예린은 단발머리 여자를 혼자 있게 놓아두면 안 되겠다는 생각이 들었다.

"저, 죄송하지만······."

"왜 그러세요?"

단발머리 여자는 날카롭게 물었다.

"저도 심한 우울증에 걸렸었거든요."

"네?"

우울증이라는 말에 여자는 표정이 달라지는 것이 느낀 예린은 때를 놓치지 않고 말했다.

"실은 아까 지나가는데, 저의 얼마 전 모습이 떠올랐었어요. 저도 고개를 떨구고, 한숨을 쉬고 있었거든요. 저, 옆에 앉아도 될까요?"

예린이 묻자, 단발머리 여자는 자기 옆자리를 가리키며 대답했다.

"네, 앉으세요."

예린이 옆자리에 앉자, 단발머리 여자가 말했다.

"지금은 다 나은 거예요?"

단발머리 여자는 얼굴빛이 달라지면서 대답을 재촉하듯 예린을 향해 몸을 틀었다.

"네. 지금은요."

"저보다 아홉 살이나 어린데, 우울증에 걸렸군요."

"우울증에 나이가 있나요."

"하긴 그래요. 우울증에 걸리면 자주 죽고 싶은 생각이 든다던데 그렇지는 않았어요?"

"죽고 싶은 충동이 자주 일어났죠. 그리고, 저는 공황장애까지 겹쳐서 엄청 괴로웠었어요."

"헐, 저는 공황장애는 아니지만, 우울증 때문에 미치겠어요. 자존감도 다 떨어진 것 같고…… 그쪽은 어떻게 나으신 거예요?"

"그걸 다 말씀드리려면 좀 긴데, 시간 괜찮으세요?"

"오늘 할 일은 다 하고 나왔으니까 괜찮아요."

"음…… 일단 분위기 좋은 카페에 가서 쉬었더니, 증상이 좀 나아지더라고요."

"카페에서 쉬었더니 우울증이 좋아졌다고요?"

여자는 예린의 대답이 의외라는 듯 목소리가 커졌다.

"저에게 도움이 된 카페가 있었어요."

"거기가 어딘데요?"

"여기서 엄청 가까운 곳에 있어요."

"정말요? 그럼, 지금 안내해 줄 수 있어요?"

"물론이죠. 카페에서 시원한 거라도 마시면서 얘기해요."

예린과 단발머리 여자는 함께 오렌지 카페로 향했다. 오렌지 카페에 다다르자 단발머리 여자는 옆에 있는 오렌지 스토어를 보면서 말했다.

"어? 오렌지 스토어네요!"

"처음 보세요?"

"네, 얘기는 들어봤는데 가 본 적은 없어요. 요즘 오렌지 폰 쓰는 사람들이 많은 것 같더라고요."

"그럼, 들어가서 구경하실래요?"

"그럴까요?"

단발머리 여자는 매장에 전시되어 있는 오렌지 폰을 모델별로 차례대로 만져보았다.

"오렌지 폰 3는 디자인이 더 예뻐졌네요."

"저도 오렌지 폰 3 써요."

"오, 그래요?"

예린은 오렌지 폰을 꺼내서 여자에게 보여 주었다.

"기본 모델인가 봐요. 색상이 엄청 예뻐요."

"색상은 기본 모델이 예쁘죠. 그리고, 저는 작은 폰을 좋아해서요."

"사고 싶거나 그런 건 아니고 그냥 궁금해서 한번 둘러보고 싶었어요."

"그러면 바로 카페로 가실래요?"

"그러죠."

단발머리 여자는 카페를 이리저리 둘러보고는 말했다.

"인테리어가 예쁘네요."

"분위기도 밝죠?"

"그렇긴 하네요. 여기 앉을까요?"

단발머리 여자와 예린은 자리를 잡고 앉았다. 예린은 메뉴판을 가리키면서 말했다.

"오늘은 제가 사 드릴게요."

"아니요, 제가 오자고 했으니까, 제가 살게요."

"괜찮아요. 제가 먼저 말 걸었잖아요. 오늘은 정말 제가 살게요. 얼른 드시고 싶은 거 고르세요."

단발머리 여자는 망설이다가 예린에게 물었다.

"여기서 가장 맛있는 게 뭐예요?"

"음. 저는 오렌지 에이드가 맛있었어요."

"그러면 그걸로 마실래요."

예린은 오렌지 에이드 두 잔을 주문했다. 단발머리 여자는 에이드를 한 모금 마시고는 말했다.

"잘 마실게요. 그러고 보니, 서로 이름도 모르고 있네요."

예린은 여자의 말에 대답했다.

"저는 이예린이에요. 말씀드린 대로 대학 휴학생이고요."

"저는 임민진이에요. 그리고, 인터넷 쇼핑몰을 운영하고 있어요."

"아, 그러세요? 어디서 일하세요?"

"사무실은 따로 없고, 집에서 하고 있어요. 그래서 집이 창고 같아요."

"그러시겠네요. 늘 옷이 잔뜩 쌓여 있겠어요."

민진은 한숨을 내쉬며 말했다.

"그래서 그런지 더 우울해요. 애초에 인터넷 쇼핑몰은 결혼하기 전까지만 하려고 했던 건데……"

그 말로 미루어 보면 민진은 아직 결혼하지 않았고, 사정이 있는 것 같았다. 오렌지 에이드를 마시면서 민진은 예린에게 물었다.

"궁금해요. 우울증을 어떻게 이겨내셨는지 말이에요."

예린은 학생 시절에 있었던 일부터 최근까지 있었던 일들을 짧게, 그러나 충분히 이해할 수 있도록 간추려 정리해 말했다. 민진은 이야기를 듣는 중간중간 여러 번 놀라며 예린의 말이 끝나자 말했다.

"이럴 수가? 신기하네요."

"뭐가요?"

"학생 시절부터 자존감이 없었던 것도 그렇고, 남자 친구 문제 때문에 힘들어진 것도 저와 같아요."

"아, 그래요? 괜찮으시다면 민진 님의 얘기도 해 주시지 않을래요?"

"아까 경의선 길에 앉아 있을 때 죽고 싶은 생각뿐이었어요. 누가 말을 거는 것도 귀찮고 나를 쳐다보는 것도 싫었거든요. 그런데, 내 생각과는 달리 예린 님과 말도 하고 여기까지 따라오게 되었네요. 물론, 우울증에 걸려 있다는 말에 관심을 두게 된 것도 있지만, 누군가와 이렇게 앉아서 얘기하고 있다는 것이 저에게는 무척 신기한 일이에요."

"아, 정말요?"

"예린 님은 사람의 마음을 잡아끄는 신비로운 능력이 있는 것 같아요. 그래서 여기까지 따라오게 된 것 같아요."

11

예린은 민진의 말에 웃으면서 대답했다.

"신비로운 능력 같은 것은 제게 없어요. 저도 지나가다가 왠지 말이 걸고 싶어졌을 뿐이에요."

"그래요?"

민진은 잠시 무엇인가를 생각하더니 자신의 이야기를 하기 시작했다.

민진은 어린 시절부터 집안 형편이 어려웠다. 그래서 국내 여행은커녕, 놀이공원도 별로 가 보지 못하고 어린 시절을 보냈다. 하지만, 뛰어난 외모에 성격도 싹싹한 편이라서 주위에 친구가 많았다. 중·고등학교 시절에 민진에게 고백한 남학생도 여러 명이 있었지만, 민진의 첫 연애는 고등학교를 졸업한 후부터였다.

입시가 끝나고 친구가 소개해 준 동갑내기 남자와 2년간

사귀었지만, 남자가 군대에 가면서 연락이 뜸해졌다. 마음이 멀어지니 자연스럽게 헤어지게 되었다.

두 번째 연애는 20대 중반 무렵이었다. 두 살 연하의 남자와 회사에서 만나 1년간 연애했지만, 생각도 행동도 가벼워서 민진이 헤어자고 말했다. 그리고 3년 전, 네 살 연상의 남자와 결혼을 전제로 한 연애를 시작했다. 세 번째 남자 윤지훈은 아버지의 뒤를 이어 토목 계통의 규모 있는 회사에 다녔는데, 1남 1녀 중 장남이었다.

지훈과 만난 지 6개월 정도 되었을 무렵, 지훈은 민진의 부모에게 인사를 드리러 집을 찾아왔다. 민진도 지훈의 부모에게 인사를 하기 위해 집을 찾아가게 되었다. 지훈의 부모는 민진을 보자마자 마치 호구 조사라도 하듯 따져 묻기 시작했다.

"그래, 아버지는 무슨 일 하시지?"

"작은 가게를 하고 계세요."

"장사는 잘되시나?"

"요즘 조금 경기가 안 좋아서요……."

"넌 무슨 일을 하고 있니?"

"저는 회사에 다니다가 인력 감축 때문에 그만 두고, 지금은 인터넷 의류 쇼핑몰하고 있어요."

"사무실은 어디에 있는데?"

"사무실은 따로 없고, 제가 살고 있는 집에서 하고 있어요. 쇼핑몰이 잘 안되어서 지금은 다른 일을 생각해 보고 있는 중이에요."

지훈의 부모는 몇 가지를 물어보더니, 자신의 집안과 민진의 집안 사이에 경제력 차이가 꽤 크다는 것을 금세 파악한 듯했다.

"우리 지훈이와 결혼할 생각으로 만나고 있다고?"

"네……."

"우린 사실 그다지 내키지 않지만, 지훈이가 너와 결혼하고 싶다고 하더구나."

민진은 지훈의 부모가 자신을 면전에 두고 내키지 않아 한다는 말을 들으니까, 기분이 썩 좋지는 않았다. 민진이 눈을 내리깔고 있을 때 지훈의 어머니가 말했다.

"만약 우리 지훈이와 결혼한다면 말이다."

"네."

"명심할 것이 있다."

"네."

"우리 집안은 철저한 유교 가문이야. 제사도 많고, 챙겨야 할 대소사도 많다. 모든 제사는 꼭 참석해야 하고, 명절에 친정에는 갈 생각은 아예 안 하는 게 좋을 거다."

"네?"

"제사 때는 전날에 미리 와 있어야 하고, 첫애를 낳을 때까지는 한 달에 한 번 여기서 자고 가야 하고."

"매달마다요?"

"뭐, 보아하니 혼수 비용도 많이 준비하지 못할 것 같은데, 몸으로라도 성의를 보여야 하지 않겠니?"

민진은 아무 대답도 할 수 없었다. 지훈의 부모는 웃으면서 대단한 결심이라도 한 듯 말했다.

"그나마 네가 공부도 좀 한 것 같고, 참해 보이기도 하고, 인상도 좋고 어디다 내놔도 인물도 빠지지 않는 것 같고 그래서 허락하려고 하는 거니까 지훈이와 결혼하고 싶다면 네 부모님께도 오늘 들은 대로 그대로 전해 드려라. 그리고, 결혼하면 일은 그만두고 지훈이 내조하면서 아이 가질 준비해라."

민진은 옆에 앉아 있는 지훈의 얼굴을 슬쩍 쳐다봤다. 지훈은 아무 말도 하지 않고 입을 꾹 다물고 있었다.

그날 민진은 굴욕적인 기분으로 지훈의 집에서 나왔다. 지훈은 민진을 배웅해 주겠다며 따라 나왔다.

"민진아. 지하철역까지 데려다줄게."

"필요 없으니까 들어가."

민진은 더 이상 말하고 싶지 않아 지훈의 손을 뿌리치고 지하철역 쪽으로 발걸음을 옮겼다. 그러자 지훈이 뒤따라 가면서 말했다.

"그러지말고 나하고 얘기 좀 해."

지훈은 민진과 함께 지하철역으로 걸어가면서 말했다.

"우리 부모님, 말은 그렇게 해도 나쁜 분들 아니야."

"나쁜 사람 좋은 사람이 따로 있어? 명절 때 친정에 갈 생각도 하지 말고 일도 하지 말라고? 너무한 거 아니야? 우리 집이 돈 없다고 그렇게 무시해도 되는 거야?"

"무시하는 것이 아니라······."

"무시하는 게 아니면 뭐야? 그리고, 오빠는 왜 아무 말도 하지 않고 가만히 있는 건데? 난 결혼해도 일 그만둘 생각없어. 오빠 부모님이 그런 것까지 나에게 강요해서는 안 돼."

"민진아."

지하철 역 앞에 이르자 지훈은 민진의 두 손을 붙잡고는 말했다.

"우리가 결혼해도 부모님이 말한 대로는 되지 않을 거야."

"그게 무슨 말이야?"

"그렇게 되지 않도록 내가 부모님을 설득할게."

"오빠가?"

"그래. 너, 힘든 거 보고만 있지 않을 거야. 일하고 싶으면 해. 절대로 네 자존심 상하는 일 없게 할게."

"······."

"민진아. 날 믿어. 오빠를 믿으란 말이야."

"정말 믿어도 돼?"

"그럼."

지훈은 민진을 다독여서 안심시키고, 집으로 보냈다. 그러나, 민진은 완고해 보이는 지훈의 부모의 모습이 떠올라서 마음이 놓이지 않았다.

민진은 지훈을 사랑하고 있었다. 게다가 그의 조건 역시 누구에게도 뒤지지 않았다. 집안의 재력은 물론이고 재정을 계획적으로 관리하는 능력이나 자신만의 뛰어난 역량도 갖추고 있었다. 더욱이 큰 키에 인물도 훤칠하고 건장한 체구까지 더해져 결혼 상대자로 손색이 없다고 생각할 만한 남자였다.

지훈은 민진에게 늘 다정하게 대했다. 자신이 사랑받고 있다고 느낄 만큼 민진을 아껴주는 지훈과 결혼을 포기하는 것은 쉬운 일이 아니었다.

'부모님의 생각이 너무 완고하고 꽉 막혀 있는 것 같아.'

민진은 지훈의 부모에게 들은 말을 자신의 부모에게 아직 한 마디도 꺼내지 못하고 있었다. 언제까지 말하지 않을 수는 없지만, 차마 그대로 전할 용기가 나지 않았다.

결혼 이야기가 구체적으로 오가던 어느 날, 민진은 부모님 댁에 들렀다.

"결혼에 대해서는 어디까지 얘기가 됐니? 엄마나 아빠는 해를 넘기지 않았으면 좋겠어."

민진은 그제야 지훈의 부모가 자신에게 했던 말을 꺼냈다. 민진의 부모는 한동안 아무 말도 하지 못했다.

"지훈이 부모님이 나이가 많다고 했니?"

"응. 결혼을 늦게 하셔서 엄마·아빠보다 더 많으실 거야."

"아빠는 지훈이가 너한테 하는 거 보고 안심했는데, 이 결혼은 아닌 것 같구나."

"엄마 생각도 이건 아닌 것 같아. 아직 결혼도 안 했는데 이렇게 우리 집을 무시하는데 결혼하면 더하지 않겠어?"

"걱정하지 마. 오빠가 시부모 때문에 힘들게 하지 않겠다고 약속했어."

"글쎄. 그게 가능할지 모르겠다."

"오빠가 약속했다니까."

아빠는 고개를 가로저으면서 말없이 방으로 들어가셨다.

여느 때처럼 민진은 지훈과 저녁을 먹으면서 가벼운 얘기를 주고받다가 식사를 마치자, 지훈이 말을 꺼냈다.

"민진아. 우리 결혼 말인데……."

"응."

"부모님이 평수가 꽤 넓은 신축 아파트를 마련해 주신다고 했거든?"

"난 넓지 않아도 괜찮은데……."

"그래도 우리 부모님이 생각하시는 기준이라는 것이 있으니까."

"하고 싶은 말이 뭐야?"

"혼수도 준비해야 하고 결혼식장이나 여러 가지 알아볼 것이 많잖아. 그래서 말인데, 결혼하는 비용을 적절하게 나눠서 부담하는 건 어떨까 해서. 집 마련하는 비용 말고 혼수 비용은 너희 집에서 내는 걸로 하고. 물론 너의 집안 형편이 있으니까 무리하게 부탁하진 않을 거야. 부담되면 내가 모아놓은 돈도 좀 보탤게."

"어느 정도를 생각하는데?"

지훈은 결혼식과 피로연을 특급 호텔에서 해야 하고 혼수도 신축 아파트에 맞게 최고급으로 해야 한다고 했다. 대충 계산해 봐도 비용이 만만치 않았다.

"우리 집 형편으로는 무리야."

"그래도 서울의 신축 아파트를 신혼집으로 마련해 주시는데 그 정도는……."

"누가 신혼집으로 신축 아파트 마련해 달라고 했어? 우리 부모님 생각도 해 주어야 할 거 아니야?"

"어쩌지, 부모님께 말씀드리기 난처한데……."

"전에 그건 얘기해 봤어?"

"어떤 거?"

"인사드리러 갔을 때 오빠 부모님이 나에게 말씀하셨던 것 말이야. 제사, 명절, 그리고 한 달에 한 번씩 오빠 집에 가서 자는 거 말이야. 그리고, 결혼해도 나 일하는 거."

"아, 그거?"

지훈은 난감한 얼굴로 잠시 뜸을 들이더니 대답했다.

"얘기해 봤는데, 씨알도 안 먹혀."

"뭐?"

민진은 너무 어이없어서 아무 말도 나오지 않았다. 지훈도 입을 꾹 닫고 가만히 있었다.

"오빠가 부모님 설득한다고, 오빠만 믿으라며."

"나도 너랑 약속 지키려고 노력했어. 그런데 부모님이 워낙 완강하셔서……."

"지금 그걸 말이라고 해? 난 진짜 오빠만 믿었단 말이야."

"민진아. 네가 조금 참으면 안 될까?"

"참으라고? 오빠 부모님이 하라는 대로 나보고 다 하라고? 우리 집이 돈이 있는 집안이었으면 그러셨을까? 난 오빠랑 결혼하려는 거지 오빠 부모님과 결혼하려는 게 아니야."

"나도 알아, 민진아. 난 너 정말 사랑해. 너 말고 다른 사람과 결혼하는 건 상상해 본 적도 없어."

"그러면 오빠가 약속한 걸 지키란 말이야."

"그건 미안한데, 내 힘으로 어쩔 수 없는 것도 있는 거잖아."

"그럼 나도 오빠와 결혼할 수 없어. 다시 한번 말하지만, 난 오빠와 결혼하려고 한 거지 오빠 부모님과 결혼하려고 한 것이 아니야. 갈게."

그것이 끝이었다. 날짜만 잡지 않았을 뿐, 이미 구체적인 혼담까지 오고 간 상황이었지만, 민진에게는 결코 받아들일 수 없는 결혼이었다.

지훈에게 전화가 계속 걸려 왔지만, 민진은 받지 않았다. 대신 메시지를 보냈다.

> 지금은 오빠 전화받고 싶지 않아
> 부모님 설득해서 날 속박하지 않겠다고
> 약속 받아내면 그때 연락해

그 후로 지훈에게서 더 이상 전화가 오지 않았다. 민진은 며칠 후 부모님에게 지훈과 파혼했다는 소식을 전했다.

"엄마, 난 아무리 비싸고 좋은 신축 아파트를 사 준다고 해도 그런 결혼 생활은 할 수 없어."

"그건 엄마도 같은 생각이야. 아빠도 마찬가지이고. 지금은 마음이 많이 아프겠지만, 더 좋은 사람을 만날 수 있을 거야."

엄마는 민진을 안아주었다. 민진은 엄마의 품에 안겨 하염없이 울었다.

자신을 지켜 줄 거라고 믿었다. 이렇게 무력하게 포기할 줄은 미처 몰랐다. 지훈도 미웠지만, 지훈을 믿었던 자신이 어리석게 여겨졌다. 마음이 무너져 내리는 느낌이었다.

'우리 집이 잘살았다면 그렇게 노골적으로 무시하지는 못했을 거야.'

지훈의 부모는 자신의 아들과 결혼하는 허락하는 대신, 자신들이 원하는 대로 시집살이하라는 조건을 내밀었다.

'결혼이 무슨 거래야? 조선 시대도 아니고 시집살이가 말이 되냐고. 그런 결혼은 하고 싶지 않아.'

그날부터 민진은 식욕을 잃었다. 그리고, 점차 불면증도 생기기 시작했다. 가끔 엄마와 통화하는 것 외에는 밖에 나가는 것도 사람을 만나는 일도 피했다.

조금씩 생기기 시작하던 우울감은 시간이 지날수록 점점 커졌고, 무기력감이 온통 자신을 휘감았다.

생각할수록 지훈이 원망스러웠다.

'내가 왜 그런 줏대 없는 남자와 결혼하려고 했지? 정말 배신감 느껴져. 그런 사람을 좋아한 내가 바보야.'

민진이 지금 살고 있는 집은 옷이 잔뜩 쌓여 있어서 창고 같았고, 의류 인터넷 쇼핑몰은 매출이 더욱 떨어져 월세와 공과금을 내면 남는 것도 별로 없었다.

그나마 회사 다니면서 모아 놓은 돈 덕분에 걱정은 없었지만, 언제까지나 이렇게 살 수도 없는 일이었다.

민진은 이미 깊은 무기력감과 우울감에 빠져 있었기 때문에, 새로운 직장을 알아보는 것은 전혀 불가능한 일이었다. 아무리 자신의 스펙이 좋다고 해도 이런 상태로 면접을 보러 간다면 결과는 떨어질 것이 확실했다.

급기야 민진은 증상이 심해지자 정신의학과를 찾았고, 불면증과 우울증 진단을 받았다.

"최근에 죽고 싶다는 생각하신 적이 있습니까?"

원장의 질문을 받고 생각해 보니, 그런 생각이 많이 들었던 것이 기억났다. 아마도 지금 민진이 살고 있는 집이 고층 아파트였다면 충동적으로 뛰어내렸을지도 모를 일이었다.

"네. 왜 사는지도 모르겠고, 죽고 싶다는 생각도 많이 해요. 나 자신이 쓸모없는 것 같고, 모든 게 제 잘못인 거 같기도 하고요."

원장은 민진의 말을 쭉 들어보더니 대답했다.

"우울감이 매우 극심한 상태입니다. 약물 치료가 필요합니다. 수면제와 항우울제 처방해 드리겠습니다."

민진은 약을 처방받은 뒤 엘리베이터를 탔다. 엘리베이터 거울에 비친 자기 얼굴은 불과 몇 개월 사이에 너무 많이 바뀌었다는 사실을 깨달았다.

엄마는 최근에 왜 집에 한 번도 들르지 않냐고 했지만, 자기의 모습을 보였다가는 걱정만 끼칠 것이 틀림없었기 때문에 인터넷 쇼핑몰 일 때문에 바쁘다고 핑계를 댔다.

그 후로 민진은 수면제에 의존해서 겨우 잠이 들었고, 항우울제를 복용했지만, 그럼에도 이따금 죽고 싶다는 생각이 계속 들었다. 시간이 나면 혼자서 정처 없이 걷거나 어딘가에 우두커니 앉아 있기도 했다.

예린은 민진의 말을 다 듣고는 말했다.

"저도 경험해 봤기 때문에 민진 님이 얼마나 힘들었는지 잘 알아요."

민진은 예린에게 왠지 모를 동질감을 느꼈다. 예린이 민진에게 물었다.

"전 남친분이 무척 원망스러우시겠어요."

"그렇게 저를 배신할 줄은 몰랐어요. 돈 많고 집안 좋은 사람과 결혼하길 원하는 여자들이 많을지 모르겠지만, 집안 형편 때문에 무시당한 것 같아서 너무 속상했어요. 그 마음이 너무 힘들고, 죽고 싶을 정도였어요."

"그건 민진 님 잘못이 아니에요. 세상에 부자들만 살고 있나요? 전 남친분 집안이 부자인 거죠. 그리고 그 남친분 부모님의 생각은 정말 시대와 맞지 않는 것 같아요."

"아직 대학생이고, 어리시긴 하지만 정말 궁금해서 물어보는 건데요, 결혼은 누구와 하는 거라고 생각하세요?"

예린은 민진의 질문을 받고는 평소 생각대로 대답했다.

"결혼은 당사자끼리 하는 거라고 생각해요."

"그쵸?"

"물론, 집안이나 상대방의 가족도 무시할 수는 없죠. 그래도 당사자끼리가 가장 중요하다고 생각해요. 그런데, 남친분의 태도는 너무 무책임했어요. 부모님도 너무 심하신 것 같고요. 요즘에 누가 그런 시월드를 감당하면서 살려고 하겠어요? 아무리 남자 친구 집안이 부자이고, 최고급 아파트를 준다고 해도 그런 조건으로는 저라도 결혼하지 않을 거예요."

"그쵸? 그쵸?"

민진은 말이 통하는 사람을 만나서 반갑다는 표정을 지으며 말했다. 모처럼 막힌 것이 뚫리는 기분이었다.

"일본에서는 결혼하면 정말 당사자끼리 결혼 생활을 하고 시댁에 그다지 잘 가지도 않는다는 말을 들었어요."

"정말요?"

"일본도 서구처럼 개인주의 사회이다 보니까요."

"그런 건 정말 부럽네요."

"여자들이 남자들에게 필요 이상으로 과하게 잘해 주는 느낌이 있기는 하지만요."

"그런가요?"

예린은 오렌지 폰을 꺼내면서 말했다.

"잠시만요."

예린은 Cure 앱에 문의 메시지를 보냈다.

> 결혼 실패의 후유증과 우울증에 시달리고 있는 민진 님을 도와드리고 싶습니다
> 좋은 방법이 없을까요?

> Cure 앱은 예린 님이 만나는 사람의 정보를 확인할 수 있습니다. 현재 민진 님은 자존감이 크게 떨어져 있고, 자신감이 부족한 것으로 보입니다. 민진 님의 경우에는 자신감을 느끼게 해 주어야 문제가 해결될 수 있습니다. 오렌지 카페의 2번 방 Confidence room에 가면 도울 수 있는 방법을 찾을 수 있을 것입니다

그러면, 예약해 놓으면 될까요?

네, 민진 님과 약속을 먼저 잡으시고 메시지를 보내주시면 예약해 드리겠습니다

5장
세 가지 아이템

12

"바쁘신가 봐요. 저도 오늘은 기운이 없어서 그만 들어가 봐야 할 것 같아요."

민진의 말에 예린이 재빨리 물었다.

"그럼 일어날까요? 그리고 괜찮으시다면 다음에 또 뵐 수 있을까요?"

"네, 좋아요. 오늘 함께 얘기하다 보니 마음이 조금 풀리는 것 같았어요."

그날, 예린은 민진과 연락처를 교환하고 헤어졌다.

오렌지 카페의 Confidence room이 어떤 방인지 정확히는 알 수 없지만, 민진을 지독한 우울증으로부터 구해 줄 수 있는 방법이 생길 거라는 생각이 들었다.

며칠 후, 예린은 민진에게 금요일 오후에 만나자는 메시지를 보냈고, 한참 후에 민진에게서 좋다는 답장이 왔다.

예린은 만나기로 한 시간보다 조금 일찍 오렌지 카페에 도착해서 기다리고 있었다. 민진은 약속 시간에 맞춰 카페에 도착했다. 예린은 민진을 보고 살짝 고개 숙여 인사했다. 민진이 예린의 앞자리에 와서 앉자, 예린은 민진에게 물었다.

"잘 지내셨어요?"

"뭐 그럭저럭이요. 약을 먹고는 있는데, 여전히 잠도 잘 안 오고 식욕도 통 없네요."

"잘 자고, 잘 드셔야 할 텐데요."

예린은 걱정스러운 표정으로 민진에게 다시 물었다.

"이 카페에 있는 작은 방에 가서 얘기하실래요?"

"카페에 방이 있어요?"

"네. 제가 안내해 드릴게요."

예린과 민진은 주문한 음료를 들고 2번 방 앞으로 갔다. 전에 혜율과 작은 방에 갔을 때처럼 오렌지 폰을 손잡이 부분에 갖다 대자 잠금이 풀리면서 문이 열렸다.

예린은 문을 열고는 민진에게 말했다.

"먼저 들어가세요."

Confidence room의 내부는 true feelings room과 다르지 않았다.

방 안에는 테이블과 두 개의 작은 의자가 놓여 있었고, 역시 피시방처럼 컴퓨터 모니터와 컴퓨터, 그리고 피시방용 의자가 놓여 있었다.

"이 방은 무슨 방인가요?"

민진이 방 안을 둘러보면서 말했다.

"민진 님께 자신감을 갖게 해 드릴 수 있는 방이에요."

"네? 그게 무슨……."

"민진 님은 지금 자존감의 회복과 자신감이 필요해요. 잠시만요."

예린은 Cure 앱에서 온 메시지를 확인했다.

> 지금 PC를 켜세요.
> 그러면 Cure 앱과 연결된 AI 상담사와 영상 통화를 할 수 있습니다. 민진 님은 큰 의자에 앉아서 대기하시면 됩니다

예린은 메시지를 확인하고는 민진에게 말했다.

"민진 님. 여기 앉아 보실래요?"

"이 의자 말인가요?"

"맞아요."

민진은 예린의 말대로 의자에 앉았다. 잠시 후, 부팅이 되고 PC가 켜지더니, 화면에 핑크색 톤의 옷을 입은 귀여운 여자 아바타의 얼굴과 상반신이 나타났다.

"안녕하세요! Cure 앱 전문 상담사 로미라고 합니다."

민진은 얼떨떨한 표정으로 대답했다.

"아, 안녕하세요."

"민진 님에 관한 얘기는 예린 님에게 들어서 알고 있어요. 저는 민진 님이 자신감도 회복하고 우울증에서 벗어날 수 있도록 돕고 싶어요."

"어떻…… 게요?"

"제가 세 가지 아이템을 드릴 거예요. 그중 갖고 싶은 한 가지를 선택해 주세요."

그러더니 화면이 바뀌면서 다음 내용이 차례대로 나타나기 시작했다.

다음 중에서 가지고 싶은 아이템은 무엇인가요?

　1. 리치 선글라스: 돈 버는 방법을 터득하게 해 주어서 경제적 성공과 부를 이루게 해 주는 안경

　2. 포지티브 배지: 자존감과 자신감을 회복시켜 주고, 늘 긍정적인 생각을 갖게 해 주는 배지

　3. 뷰티 햇: 머리에 쓰고 다니면 남자들의 시선을 사로잡을 수 있게 해 주는 모자

"셋 중에서 어떤 것을 갖고 싶으세요?"

민진이 망설이자, 로미의 목소리가 다시 들렸다.

"서두르지 않아도 괜찮아요. 한 가지를 선물로 드릴 테니까 천천히 선택하세요."

민진은 천천히 생각해 보았다.

'리치 선글라스를 선택해서 내가 부자가 된다면 혼담이 오갈 때 느꼈던 굴욕감에서 벗어날 수 있지 않을까? 포지티브 배지가 나한테 필요할 것 같긴 한데 정말 효과가 있을까? 뷰티 햇은 어떨까? 오빠보다 훨씬 멋진 남자와 연애도 하고 결

혼도 한다면 멋진 복수가 될 거야.'

처음에 가장 마음에 끌리는 아이템은 리치 선글라스였다. 부자가 된다면 자신이 느꼈던 굴욕감을 지훈에게 그대로 전해주고 싶었다. 그게 복수할 수 있는 길이라는 생각이 들었기 때문이었다. 또 집안 형편이 넉넉하지 못했던 어린 시절에 열등감 때문이기도 했다. 민진은 한참을 고민하더니 예린에게 물었다.

"예린 님이 저 세 가지 중에서 고른다면 어떤 걸 선택할 것 같아요?"

예린은 웃기만 하면서 짧게 대답했다.

"저는 잘 모르겠어요. 민진 님께서 잘 생각해 보시고 선택하시는 것이 좋겠어요."

"음…… 그래요?"

민진은 다시 생각에 잠겼다.

'나에게 가장 필요한 것이 무엇일까? 일단은 우울증이라는 마음의 병에서 벗어나는 것이다. 그렇다면 어떤 것이 가장 도움이 될까?'

화면에 로미가 다시 나타나더니 민진에게 물었다.

"민진 님. 아직 고민 중이세요?"

"결정했어요."

"어떤 걸 선택하시겠어요?"

"포지티브 배지를 선택할게요."

"배지를 선택하신 이유가 특별히 있나요?"

"지금 저에게 가장 필요하다는 생각이 들어서요."

"지금 선택하시면 바꿀 수 없는데, 괜찮으시겠어요?"

"한 가지만 선택할 수 있는 거죠?"

"네, 맞아요."

"그럼, 포지티브 배지를 선택할게요."

"좋습니다. 포지티브 뱃지를 항상 착용하고 다니세요. 틀림없이 도움이 되실 거예요. 곧 선물을 준비해 드리겠습니다."

로미가 화면에서 사라지자, 모니터 화면도 꺼졌다. 그리고 PC의 본체 아래쪽 공간에 조그만 종이상자가 나와 있었다. 예린은 그것을 집어서 민진에게 내밀면서 말했다.

"민진 님, 열어 보세요."

도대체 어떤 배지일까? 민진은 두근거리는 마음으로 종이 상자를 열어보았다. 상자 안에는 초록색 네잎클로버 모양의 배지가 들어 있었다.

"이것이 포지티브 배지군요."

 민진은 배지를 자신에 왼쪽 가슴 쪽에 착용하고, 셀카 모드로 해 놓고는 자기 모습을 보면서 말했다.

"눈에 띄지도 않으면서도 예쁜 모양이라서 좋네요."

"민진 님한테 너무 잘 어울려요."

"정말 우울증을 극복하는 데 도움이 될까요?"

"그럼요. 포지티브 배지가 틀림없이 도움이 될 거라고 했으니까 믿으세요. 그리고 무엇보다 중요한 건 민진 님 스스로의 의지에요. 민진 님은 이제 혼자가 아니에요. 제가 늘 응원할게요."

"저보다 어리긴 하지만, 덕분에 의지가 많이 되네요."

"저도 민진 님을 응원하고 도울게요. 그리고 엘 샤다이 님도 민진 님을 도와주실 거예요."

"엘 샤다이 님이 누구죠?"

"이 세상의 통치자예요. 저도 그분의 도움으로 마음의 질병을 이겨낼 수 있었어요. 엘 샤다이 님께서 보낸 사자가 저를 찾아왔고, 제가 마음의 병을 이겨내게 해 주었거든요."

"정말이에요?"

"네. 엘 샤다이 님의 보호 아래 있는 사람은 그 누구도 해칠 수 없으니까 힘을 내세요."

민진은 입술을 굳게 깨물고는 말했다.

"이대로 삶을 포기할까도 여러 번 생각했었는데, 누군가가 저를 도와줄 거라고는 생각도 하지 못했어요."

"절대로 포기하시면 안 돼요. 부정적인 말이나 부정적인 생각을 하지 말고, 언제나 긍정적인 말과 긍정적인 생각을 하도록 노력해 보세요. 마음을 지키는 것이 가장 중요해요."

"기억할게요. 뭔가 얘기하고 싶거나 도움이 필요하면 연락해도 되죠?"

"그럼요. 언제든지 연락하세요."

"고마워요. 정말 든든하네요."

그렇게 말하는 민진의 네잎 클로버 배지가 정말 빛나 보였다. 예린은 민진을 보면서 말했다.

"포지티브 배지에는 엘 샤다이 님의 능력이 들어 있을 거예요. 그러니까 잘 간직하고 항상 하고 계세요."

"물론이죠. 잘 간직할게요."

예린과 민진은 오렌지 카페에서 나왔다. 헤어질 때 예린은 환하게 웃음을 지어 보이며 민진에게 말했다.

"힘내세요. 그리고, 또 연락주세요."

"고마워요. 잘 이겨내 볼게요."

민진은 집으로 돌아온 후에 포지티브 뱃지를 보면서 생각했다.

'이 배지가 정말 나에게 힘을 줄 수 있을까?'

판타지 영화에서나 나올법한 얘기라서 민진은 반신반의하는 마음도 들었지만, 일단 예린의 말을 믿어보기로 했다.

환하게 웃는 예린의 모습을 떠올리면 대단하다는 생각도 들었고, 부럽다는 생각도 들었다. 마음의 병으로 힘든 일을 겪은 것은 민진과 같았지만, 예린은 이미 그것을 극복했기 때문이었다.

'나보다 어린데 의지가 대단한 것 같아.'

민진은 예린을 생각하다가 핸드폰을 꺼내 셀카 모드로 자신의 얼굴을 보았다. 최근에 거울을 자주 안 보고 지냈기 때문에 자신의 얼굴이 그렇게 어두운 줄은 모르고 있었다.

'볼살도 빼고 싶고, 살도 빼고 싶어. 이제부터라도 다이어트를 시작해 볼까?'

민진은 핸드폰 카메라에 비친 자기의 얼굴을 보다가 예린에게 메시지를 보냈다.

예린 님. 잘 들어가셨어요?

네! 민진 님도 잘 들어가셨어요?

네. 저 다이어트를 시작해 볼까 해요

그래요?

오늘 갑자기 그런 마음이 들더라고요

> 뭐라도 적극적으로 해 보는 것은 좋은 자세인 것 같아요

> 제가 스트레스 때문에 폭식을 했는데, 식습관도 좀 바꿔보려고요

> 좋은 생각인 것 같아요
> 또, 의논할 일 있으면 연락해 주세요

> 그렇게 할게요. 고마워요

　민진은 유튜브의 요리 채널과 다이어트 채널을 보면서 폭식을 억제하고 다이어트를 효과적으로 하는 방법을 찾아보았다. 한편으로는 이렇게 노력하는 것이 무슨 의미가 있냐는 부정적인 생각 또한 계속 민진을 사로잡았다.

　'그런 허접한 배지 하나를 달고 있다고 해서 우울증에서 벗어날 수 있을 것 같아? 너의 자존감이 회복될 것 같아? 넌 절대로 우울증에서 벗어날 수 없어. 결국 너 스스로 삶을 포기하게 될 거야.'

그런 목소리가 자꾸 귓가에 맴도는 것 같았다. 그러나, 민진은 애써 그런 생각을 떨쳐버리려고 마음을 다잡곤 했다.

'내가 삶을 포기하면 패배자가 되는 거야. 그리고, 부모님 마음에 못을 박는 거야. 우울증을 이겨내고 멋지게 살 거야. 그게 나를 배신한 윤지훈에게 복수하는 길이야.'

민진은 처방받은 약도 꾸준히 먹고, 식사량을 줄이면서 몸에 좋으면서 살이 찌지 않는 음식을 먹으려고 노력했다. 인터넷 의류 쇼핑몰 일도 적극적으로 하는 한편, 창고 같았던 방을 깨끗하게 정리했다. 밤마다 자신에게 긍정적인 말로 주문을 걸었다.

'나는 반드시 이겨낼 수 있어. 난 괴롭지도 않고 죽고 싶지도 않아. 반드시 행복해질 거야.'

그러던 어느 날 밤, 민진은 벽 쪽에 걸어 놓은 외투에 달려 있는 네잎클로버 모양의 포지티브 배지에서 빛이 나는 것을 발견했다.

'어? 배지에서 왜 빛이 나는 거지?'

그리고 그때 메시지 알림이 울렸다.

> 민진아. 잘 지내고 있니? 궁금해서 연락했어

13

민진은 뜻밖에도 지훈이 보낸 메시지를 받고 깜짝 놀랐다. 지훈이 왜 메시지를 보낸 것일까? 다시는 연락이 없을 줄로만 생각했다. 민진은 망설이다가 짧게 답장을 보냈다.

> 무슨 일이야?

> 널 만나고 싶어

민진은 메시지 내용만 확인하고 핸드폰을 침대 위에 내려놓았다.

'뭐야? 뜬금없이 날 왜 만나고 싶다는 거야?'

아무리 생각해도 이해가 가지 않았다. 연락을 끊은 지 한참 된 데다가 만나야 할 이유가 없었기 때문이다. 민진은 예린에게 메시지를 보냈다.

> 예린 님, 안녕하세요?

>> 어? 민진 님, 안녕하세요! 잘 지내셨어요?

> 네. 혹시 언제 시간 되세요?

>> 시간이요? 저는 내일이라도 괜찮아요

> 그럼, 내일 잠깐 만날까요?

>> 네, 좋아요!

다음 날, 예린은 오렌지 카페에 미리 도착했고, 민진은 약속 시간에 맞춰 카페에 도착했다. 여전히 화장기가 별로 없는 얼굴이었지만, 2주 전에 만났을 때보다 혈색이 좋아 보였다. 갑작스럽게 만나자고 한 걸 보면, 아마도 자신의 도움이 필요한 일이 생겼기 때문이라는 생각이 들었다.

"오늘 제가 살게요. 뭐 드실래요?"

민진의 말에 예린은 대답했다.

"오렌지 에이드요."

"저는 아이스 아메리카노 마실게요."

"어? 그런데, 그 사이에 살이 좀 빠지신 것 같아요."

"정말요?"

"네. 볼살도 좀 빠지신 것 같고요."

"그래요? 아, 그…… 이 배지를 달고 다니면서부터 긍정적인 생각도 많이 하고, 폭식도 줄이고 다이어트에 도움이 되는 음식을 해 먹고 그랬거든요."

"엄청 노력하셨나 봐요. 처음 만났을 때와는 달라 보여요."

"그렇게 보인다니 다행이에요. 잠깐만 기다리세요."

민진은 주문한 음료와 커피를 가지고 예린이 기다리고 있는 자리로 왔다.

"약속 시간에 늦을까 봐 달려왔더니 조금 숨차네요."

민진은 아이스 아메리카노를 한참 마시고는 말했다.

"오늘 시간 내 주셔서 감사해요."

"아니에요. 휴학생이라 바쁘지도 않은걸요. 얼굴색도 더 좋아 보이네요."

"어제 신기한 일이 있었어요."

"무슨 일인데요?"

"침대에 누워 있는데, 포지티브 배지에서 갑자기 빛이 나더라고요."

"그래요? 알수는 없지만, 배지에서 빛이 났다는 것은 뭔가 좋은 일인 것 같아요."

"그럴까요?"

"왠지 민진 님의 얼굴이나 여러 가지 모습을 보니까 머지않아 우울증을 이겨내실 것 같은 느낌이 드는데요?"

"네? 정말요?"

"저도 비슷한 과정을 거쳤으니까요. 엄청나게 애쓰신 것이 느껴져요."

"사실 혼자 힘으로 우울증을 극복한다는 게 쉽지 않다는 걸 정말 많이 느꼈어요. 제 마음속에 서로 다른 두 개의 목소리가 계속 들리는 것 같았어요. 한쪽에서는 우울증을 결코 이겨낼 수 없을 거라고, 결국은 삶을 포기하게 될 거라고 계속 말했고, 한쪽에서는 반드시 우울증을 이겨낼 수 있을 거라고, 행복해질 수 있을 거라고 말하는 것 같았어요."

"그동안에는 죽고 싶은 생각은 들지 않았어요?"

"그런 생각이 제 마음을 지배하지 못하게 하려고 계속 싸웠어요. 그래서 그런지 죽고 싶다는 생각은 들지 않았어요."

"표정이 정말 많이 달라지셨어요. 민진 님을 처음 만났을 때는 이런 표정이 아니었거든요."

"그런가요? 요즘은 전보다 잠도 잘 오고, 폭식도 절제할 수 있게 된 것 같아요."

"절제할 수 있게 되었다는 것은 정말 긍정적이에요."

민진은 예린의 말을 듣고 살짝 웃음을 지으며 가슴팍에 달고 있는 포지티브 배지를 만지면서 말했다.

"이 배지가 저에게 정말 힘을 주었나 봐요."

"물론, 포지티브 배지 덕분일 수도 있죠. 하지만, 민진 님께서 아까 두 개의 목소리가 마음속에서 싸우고 있는 것 같다고 하셨잖아요?"

"네, 맞아요."

"민진 님께서 마음을 잘 지키셨기 때문이에요."

"그럴까요? 그런데, 고민스러운 일이 한 가지 생겼어요."

"뭔데요?"

"전 남친에게서 연락이 왔어요."

"정말요?"

"잘 지내는지 궁금하다면서 만나고 싶다고."

"그래서 뭐라고 대답하셨어요?"

"아직 대답하지 않았어요. 혼란스럽기도 하고 왜 연락했는지 알 수도 없고 해서요. 그래서 예린 님의 의견도 물어보고 싶어서 만나자고 한 거예요. 만나는 것이 좋을지, 만나지 않는 것이 좋을지……."

"음. 제 생각에는 한 번 만나보시는 것도 나쁘지는 않을 것 같아요."

"정말 그렇게 생각하세요?"

"만나서 민진 님의 당당한 모습을 보여주면 좋겠어요. 무너지지 않고, 예전보다 더 잘 살고 있는 모습 말이에요."

"그럴까요?"

"제 생각은 그래요."

"그러면 만나볼게요."

"그리고 저한테 말 놓으셔도 괜찮아요. 저보다 한참 언니이시잖아요?"

"그렇긴 한데, 나이는 어려도 예린 님이 선배 같기도 하고 뭐랄까, 멘토 같은 느낌이라서요."

"설마…… 제가요?"

"네."

"아니에요. 그냥 편하게 말씀하세요."

"그건 중요하지 않으니까 천천히 생각해 볼게요. 오늘 시간 내 주셔서 감사해요. 남친과 만나고 나서 또 연락드릴게요."

"네. 편한 마음으로 만나고 오세요. 저는 언제나 민진 님을 응원합니다."

"고마워요."

민진은 밝은 표정으로 예린에게 인사하고는 먼저 카페를 나갔다. 민진은 그날 저녁, 지훈에게 답장을 보냈다.

> 바빠서 메시지를 이제야 봤어.
> 왜 나를 만나고 싶다고 한 거야?

> 할 얘기가 있어. 그러니까 시간 좀 내 줘

> 난 오빠랑 할 얘기 없는데?

> 그러지 말고, 제발 시간 좀 내 줘.
> 몇 번이나 고민하다 연락한 거야

> 좋아.
> 그 대신 시간을 오래 내기는 어려울 거야

  민진은 토요일 늦은 오후에 만나자고 답장을 보냈다. 민진은 지훈과 헤어진 후 자신이 고통스러운 시간을 보내왔다는 사실을 알게 하고 싶지 않았고, 우울증에 걸린 것 같은 티도 내고 싶지 않았다. 그날만큼은 예전에 지훈과 연애할 때처럼 메이크업도 했고, 옷도 신경 써서 차려입었다.

  민진은 시간을 맞춰 만나기로 한 카페로 갔다. 먼저 도착해서 기다리고 있었던 지훈은 민진이 문을 열고 들어서자 반가운 얼굴을 하면서 손을 들었다.

"여기야. 어서 와."

민진은 무표정하게 자리에 앉으면서 말했다.

"무슨 일로 보자고 한 거야?"

"왜 그렇게 급해? 일단 마실 것부터 주문하고 얘기하자."

"난 별로 생각 없는데……."

"왜 그래. 네가 좋아하는 아이스 아메리카노로 주문할게."

민진은 지훈을 마주 보면서 말했다.

"무슨 일로 날 보자고 했는지나 말해."

"사실은 부모님께서 여자를 만나보라고 하셨어."

"그 얘기를 왜 나한테 하는 거야? 오빠가 알아서 만나면 될 거 아냐?"

"민진아. 난 아직 널 포기하지 않았어. 부모님께서 하도 만나 보라고 성화여서 여자를 한 번 만났어."

"그니까 그 얘길 왜 나한테 하냐고! 오빠와 나는 이미 끝난 사이야. 나하고 상관없는 얘기야."

"난 너를 포기하지 않았다니까. 그 여자를 만나면서도 너만 생각나더라. 아무리 생각해도 난 너밖에 없는 것 같아."

"무슨 말을 하는 거야? 이미 끝난 사이인데."

"집안끼리의 조건 같은 것은 딱 맞는데, 왠지 끌리지가 않았어."

"내가 무슨 다른 여자의 대체품인 줄 알아?"

"대체품이라는 것이 아니고……."

"그래서 하고 싶은 말이 뭔데?"

"민진아. 너하고 하던 혼담 다시 살리고 싶어."

"무슨 말도 안 되는 얘기를 하는 거야?"

"너하고 결혼하고 싶단 말이야. 진심으로……."

민진은 지훈이 하는 말을 듣고 어이가 없었다. 민진이 아무 말도 하지 않고 입을 다물고 있자, 지훈이 다시 말했다.

"민진아, 우리 결혼하자."

"오빠."

민진은 지훈의 눈을 응시하면서 목소리는 최대한 냉정하게 다시 말했다.

"부모님 설득하고 나한테 연락한 거야?"

"설득?"

"내가 오빠네 집에 갔을 때 결혼 조건으로 오빠 부모님이 제시한 거 말이야. 그거 안 해도 된다고 확답받고 만나자고 한 거냐고?"

"아직 설득은 못 했어. 그렇지만 내가 널 사랑하는 거 알잖아? 그리고 너도 날 아직 사랑하잖아?"

"오빠 부모님을 처음 만났을 때 무슨 생각 했는지 알아?"

"……"

"결혼은 절대로 사랑만 가지고는 할 수 없다는 걸 알았어. 난 당사자끼리 중요한 선택을 할 수 있는 그런 성숙한 사람과 결혼하고 싶어. 남자의 부모님이나 가족을 위한 결혼은 하고 싶지 않아. 일방적으로 불공정한 결혼은 할 생각이 없어."

"민진아. 꼭 그렇게만 생각하지 마. 그건 불공정한 것이 아니야. 그 대신 넌 남들보다 빨리 값비싼 신축 아파트의 소유자가 될 수 있고……"

"아파트?"

민진은 피식 웃으면서 말했다.

"더 이상 말하고 싶지 않지만, 한 가지만 물어볼게."

"뭔데?"

"그 신축 아파트, 오빠와 결혼한다고 약속하면 결혼식 올리기 전에 내 단독 명의로 해 줄 수 있어?"

지훈은 민진의 질문에 놀라면서 난감한 듯이 대답했다.

"그건 곤란해. 부모님께 그런 얘기를 꺼냈다가는 난리가 날 거라서…… 공동명의도 어려울 거야."

"오빠. 평생 돈을 모아도 살 수 없는 신축 아파트보다, 그리고 엄청나게 많은 돈보다 더 소중한 게 뭔지 알아?"

지훈은 대답 대신에 민진의 눈을 쳐다보고만 있었다.

"자신이 소중하게 여기는 사람이 존중받고 있다고 느끼게 해 주는 거야."

"민진아, 난 너를 진심으로 소중하게 여기고 있어."

"듣기 싫어!"

민진의 목소리가 높아지자, 지훈은 깜짝 놀라 아무 말도 하지 못하고 굳어졌다. 그러더니 쥐꼬리만 한 목소리로 말했다.

"난 진심으로 널 행복하게 해 주고 싶다니까."

"내 걱정하지 말고, 오빠나 행복하게 살아. 마지막으로 한마디만 할게. 난 남자든지 여자든지 똑같이 존중받아야 한다고 생각해. 오빠 부모님이 내세운 결혼 조건은 정신이 똑바로 박힌 여자라면 절대 하지 않을 조건이야. 그러니까 결혼이 하고 싶으면 그 조건에 맞출 수 있는 여자를 찾아봐. 그리고 다시는 연락하지 마."

민진은 자리에서 일어나서 뒤도 돌아보지 않고, 카페에서 나왔다. 집에 도착해서 바로 예린에게 메시지를 보냈다.

> 예린 님, 오늘 전 남친 만나고 왔어요

> 그래요? 어떠셨어요?

> 문자로는 그렇고 통화 가능하세요?

> 네, 좋아요

민진은 예린에게 지훈을 만나 했던 말을 그대로 해주었다. 예린은 민진의 말을 다 듣고 나더니 말했다.

"정말 잘 말씀하셨어요. 사이다 마신 것처럼 시원하네요."

"만나면 흔들릴까 싶었는데, 저도 이제 정리된 기분은 들어요. 어떻게 살아야겠다는 생각도 들고요. 한편으로는 더 나이를 먹으면 결혼하기 어려워지지 않을까 하는 초조한 마음도 있었지만 이젠 그렇게 생각하지 않으려고요. 결혼을 꼭 해야 하는 건 아니니까요."

"맞아요. 저는 아직 결혼에 대해 구체적인 생각을 해 본 적은 없지만, 결혼은 정말 서로를 배려해 주는 사람과 만나서 행복한 가정을 이루는 게 바람직하다고 생각해요. 그렇지 못한 결혼이라면 차라리 안 하는 것이 낫다고 생각해요."

"듣고 보니 예린 님이 정말 선배 같네요. 우리 조만간 또 만나요."

"네, 언제든지 연락주세요."

민진은 전화를 끊고 나서 마음이 차분해지는 것을 느꼈다. 민진에게서 한동안 연락이 없었다. 민진과 통화하고 나서 2주가 조금 넘었을 때, 예린은 민진이 어떻게 지내고 있는지 궁금했다. 메시지라도 보내려고 핸드폰을 들었는데, 민진에게서 메시지가 왔다.

> 예린 님. 안녕하세요?

>> 민진 님도 안녕하셨어요?

> 네.
> 저 이번 주에 시간 괜찮으면 만날래요?

>> 좋아요.
>> 그러잖아도 궁금해하고 있었어요.

그렇게 해서 이틀 후에 예린은 오렌지 카페에서 민진을 만나게 되었다. 민진의 얼굴이 더 밝아지고, 생기가 있어 보였다.

"좋은 소식 전해드리려고 연락했어요."

"네? 무슨 일인데요?"

"저, 우울증 약 끊게 됐어요."

"와, 정말요? 드디어 이겨내셨네요. 축하드려요!"

"이게 다 예린 님 덕분이에요."

"아니에요. 그리고, 이젠 예린 님이라고 부르지 마시고 말도 놓으세요."

"아무튼 정말 감사해요."

"저도 정말 기쁘네요."

"예린 님과 만나게 된 것이 저에겐 행운이에요. 제가 경의선 길 벤치에 앉아 있었을 때 말 걸어 주셔서 정말 고마워요. 생각해 보니 얼마나 감사한지 모르겠어요."

"저는 별로 한 게 없어요. 민진 님에게 말을 걸게 하고 민진 님께 관심을 갖게 된 것은 엘 샤다이 님과 그분이 보낸 사자 라파에루 님 때문이에요."

"그분들에 대해서는 잘은 모르겠지만 정말 감사한 마음뿐이에요. 포지티브 배지도 저에게 큰 도움이 된 것 같아요. 물론, 예린 님도 정말 많은 도움을 주셨어요. 엘 샤다이 님과 라파에루 님께도 감사하다고 전해주세요."

"민진 님께서도 정말 잘하셨어요."

"어, 제가요?"

"네. 엘 샤다이 님께서는 모든 사람에게 복을 주기를 원하시지만 자포자기하고 부정적인 생각에 사로잡혀 마음을 닫아놓고 있으면 절대로 받을 수가 없거든요. 그러니까 복을 받을 수 있는지는 사람의 의지와 자세에 달려 있기도 해요."

"무슨 말씀인지 알았어요. 앞으로는 자신감을 가지고 긍정적인 생각으로 살아갈 수 있을 것 같아요. 인터넷 의류 쇼핑몰은 접고, 새로운 일도 알아보려고 해요."

"좋아요. 긍정적인 마음으로 도전하면 다 잘 되실 거예요."

14

그 후로 한 달 정도 예린은 아무 생각도 하지 않고 푹 쉬면서 온전한 회복에만 집중했다. 이제 겨울이 성큼 다가와서 날씨는 점점 추워지고 있었다. 날씨가 정말 추워졌다고 느끼고 있을 때, 민진에게서 메시지가 왔다.

> 예린 님. 잘 지내셨어요?

> 어머. 민진 님. 잘 지내셨어요?

> 그 동안 가게 오픈하느라고 바빴어요
> 사실 전에 예린 님과 만날 때 가게 인수할까 생각하고 있었거든요. 다행히 부모님이 평생 모은 돈을 보태주셔서 조그만 샌드위치 가게를 오픈했어요

> 샌드위치 가게요?

네. 다이어트에 신경 쓰다 보니까 샐러드와 샌드위치를 함께 파는 가게를 시작하게 됐어요

> 와, 잘 되셨네요. 손님은 많아요?

예상외로 장사가 너무 잘 돼요

> 계속 잘 돼서 대박 나면 좋겠어요!

또 한 가지 전해드릴 소식은 지금 썸타고 있는 사람이 있어요

가게에 자주 찾아오던 남자 손님인데 저보다 네 살 연상의 사업가예요

> 정말요?

네. 그분이 가게 밖에서 따로 만나자고 해서 몇 번 만났는데, 배려심도 많고 저하고 마음도 잘 맞아서 계속 만나 보려고요

> 잘 되셨으면 좋겠네요
> 아니, 잘 되실 거예요!

> 우울증도 낫고, 행복이 한꺼번에 밀려오는 것 같아요

> 민진 님께서 마음을 잘 지켜내셨기 때문이에요

> 예린 님에게도 정말 감사해요
> 언제 한번 만나요

> 네, 좋아요! ㅎㅎ

예린은 마음 깊은 곳에서 기쁨이 솟아나는 것을 느꼈다. 그때 핸드폰에 메시지가 도착했다.

< 이예린 님의 현재 멘탈 스탯은 75.0입니다 >

'스탯이 75로 올라갔네? 100까지 아직도 부족한 걸까?'
그래도 스탯과는 상관없이 예린은 자신의 자존감이 예전과는 비교할 수 없이 높아졌다는 생각이 들었다.

예린은 카페에서 한 시간쯤 앉아 있다가 나가려고 테이블 위에 올려놓은 핸드폰을 집어 들었다. 그런데, 누군가가 다가오더니 예린의 앞에 서서 말했다.

"잠깐 여기 앉아도 될까요?"

예린은 귀에 익은 목소리에 고개를 들었다. 라파에루가 코트 차림으로 예린의 앞에 서 있었다. 예린은 환한 미소로 반갑게 인사했다.

"라페이루 님, 안녕하세요. 어서 앉으세요."

"두 번째 미션을 잘 마치신 것을 축하드려요."

"감사합니다."

"숙제처럼 여겨졌을 텐데 마지막까지 잘 수행하셨어요."

"아니에요. 저도 정말 기쁜 순간들이었어요."

"정말 기쁘셨어요?"

"네, 그럼요. 제가 도움이 될 수 있어서 기뻤어요. 저도 마음의 질병으로 고통받아 보았기 때문에 비슷한 고통을 겪고 있는 사람들의 마음을 더 잘 이해할 수 있었던 것 같아요."

"그런 마음을 갖게 되신 것도 축하해요. 예린 님께서 두 개의 미션을 잘 수행하셨으니 이제 약속을 지킬 차례지요. 그래서 엘 샤다이 님의 명을 받고 찾아뵈러 왔어요. 준규 님 말인데요……."

예린은 라파에루의 입에서 준규라는 이름이 나오자 벌써 심장이 뛰기 시작했다. 라파에루는 상기된 표정의 예린을 바라보면서 말했다.

"혈액암 완치되셨어요."

"네? 저, 정말요?"

"제가 아닌 사실을 왜 말하겠어요?"

예린은 심장이 터질 듯한 기쁨을 감출 수가 없었다. 라파에루가 다시 말했다.

"며칠만 기다리면 준규 님한테서 연락이 올 거예요. 그래서 그 전에 다시 한번 확인하려고요."

"네."

"준규 님과 행복한 시간을 보낼 수 있는 것은 단 한 달 뿐입니다. 그 이후로는 만날 수 없습니다. 준규 님의 기억에서 예린 님은 사라질 거예요. 그 대가로 엘 샤다이 님이 준규 님을 살려주시는 거니까요. 그래도 괜찮으시겠어요?"

예린의 대답은 이미 정해져 있었다.

"네, 상관없어요."

그리고 마음속으로 이어서 말했다.

'준규가 살 수만 있다면요. 그리고 준규를 한 번이라도 다시 만날 수만 있다면요.'

라파에루가 예린을 한참 동안 바라보더니 빙긋이 웃으면서 말했다.

"예린 님은 준규 님을 진심으로 사랑하시는군요. 좋습니다. 엘 샤다이 님께 보고드리겠습니다."

"그럼, 정말 준규를 만날 수 있는 건가요? 진짜 저에게 연락이 올까요?"

"며칠만 기다려 보세요."

"네. 얼마든지 기다릴 수 있어요."

"예린 님. 그동안 수고하셨습니다. 그리고, 축하드립니다. 준규 님과 사랑을 계속 이어갈 수 없는 것은 안타깝지만, 한 달간의 시간이라도 소중하게 보내시기를 바랍니다. 준규 님의 연락을 받고 재회하는 그날부터 한 달입니다."

예린은 이번에는 라파에루의 모습이 갑자기 사라지는지 확인도 하지 않고 멍하니 앉아 있었다.

'준규를…… 준규를 만날 수 있다고? 준규에게 연락이 올 거라고?'

라파에루에게 몇 번이나 확인하긴 했지만 아직도 믿을 수가 없었다.

그로부터 일주일 정도 시간이 지나 크리스마스가 다가오고 있었고, 한 해가 저물어가고 있었다.

'며칠만 기다리면 연락이 온다더니…… 벌써 일주일이나 지났는데, 준규한테서 왜 연락이 없는 걸까?'

준규의 연락을 기다리며 예린은 하루 종일 집에서 멍하니 앉아 있었다. 그때 핸드폰 진동벨이 울리기 시작했다.

'모르는 번호인데…….'

평상시 같으면 모르는 번호는 전화를 받지 않는데 예린은 그 순간 왠지 모를 전율이 느껴졌다.

"여보세요."

17

잠시, 긴 것 같지만 짧은 침묵이 흘렀다.

"혹시…… 예린이 맞아?"

그 순간, 예린은 심장이 멎을 것만 같았다.

예린은 준규의 목소리라는 걸 바로 알 수 있었다. 그래서 일부러 예린도 반말로 대답했다.

"준규니?"

"응. 나, 준규야."

예린은 모르는 척, 차분하게 물었다.

"어떻게 된 거야?"

"그저께 퇴원했어."

"퇴원했다고? 그러면……?"

"나 다 나았어. 너한테 제일 먼저 연락하고 싶었는데 주소록에 연락처가 다 삭제돼서 태성이 통해서 네 연락처 알아냈어. 너한테 미안하다고 말하고 싶어서. 받을지 안 받을지 몰라서 엄청 긴장하면서 전화했는데, 어떻게 바로 받았네?"

"너, 정말 괜찮은 거야?"

"응, 정확하게 말하면 완치 판정은 몇 년 지켜봐야 한다고 하는데 지금 암세포가 없다고 했어."

"정말이지?"

"그러니까 이렇게 연락했지. 병원에서 모레쯤부터는 외출해도 된다고 했는데, 모레 만나지 않을래? 아니, 시간 꼭 내줘. 보고 싶으니까."

"모레?"

모레라면 크리스마스이브 날이었다. 거리는 사람들로 붐비고 복잡하겠지만, 오히려 크리스마스이브 날이니까 준규와 그날 재회한다면 의미가 더 있을 것 같았다.

"응, 모레 시간 안 돼?"

"아니, 괜찮아. 몇 시에 어디서 만날까?"

"오후 5시에 우리가 자주 만났던 홍대 입구 상상마당에서 만나자."

"좋아. 그렇게 하자."

예린은 준규와 그렇게 약속을 정하고 전화를 끊었다. 드디어 준규를 만나다니, 결코 이루어질 수 없을 거라고 생각했던 일이 현실이 되었다.

준규와 만나기로 한 뒤 시간은 더디게 흘러갔고 드디어 크리스마스이브 날이 되자 예린은 아침 일찍 눈이 떠졌다.

'오늘 무슨 옷을 입고 가지?'

겨울이긴 하지만 12월 하순치고는 기온이 높은 편이었다. 예린은 옷장을 열고 한참 동안 정성 들여 옷을 골랐다. 인디언 핑크색 니트에 따뜻한 카디건을 걸쳐 입었고, 검은색 스커트에 검은색 기모 스타킹을 신었다.

'이 정도라면 춥지 않을 거야.'

오랜만에 만나는 준규가 어떤 모습일지 정말 궁금했다. 잠시 후면 건강한 모습의 준규를 만날 수 있을 거라는 기대감에 설렜다.

크리스마스이브 날인 데다 평소에도 늘 사람이 많은 홍대 거리는 그야말로 인산인해였다. 그냥 사람들에게 떠밀려 갈 것 같았다. 지하철역에서 내려서 걸어가고 있는데, 준규에게서 메시지가 왔다.

> 예린아. 곧 도착할 거야
> 마지막으로 만났던 곳 있지? 거기에서 만나자

   몇 달 전에 마지막으로 만났던 곳이라면 준규가 이별을 통보했던 그곳이었다.
   '왜 하필 그 장소에서……'
   저만치에서 준규가 다가오고 있었다. 예린은 다시는 볼 수 없을 거로 생각했던 준규를 만나는 지금, 이 순간이 꿈만 같았다. 준규와의 거리가 가까워질수록 심장이 빨리 뛰는 것을 느꼈다. 마치 준규와 처음 연애할 때 같은 기분이었다. 준규가 예린에게 다가오더니 먼저 말을 걸었다.
   "잘 지냈어?"
   "응. 너는 많이 힘들었지?"
   "미안해."
   "뭐가?"
   예린은 미안하다는 말이 무슨 의미인지 알고 있었지만, 모르는 척하면서 물었다.

"너한테 일방적으로 헤어지자고 통보했던 거 말이야. 그때는 내가 살 가망이 없을 거라고 생각했기 때문에 그 방법밖에는 생각이 나지 않았어. 너에게 그 말을 하고 뒤돌아서는데, 네가 얼마나 마음 아파할지를 생각하니까 눈물이 나서 뒤도 안 돌아보고 울면서 달려갔어. 그때는 정말 미안했어."

"아니야. 그래도 이렇게 다시 만났잖아. 무엇보다 아픈 것이 나았다니까 다행이야."

준규는 예린의 손을 자신의 점퍼 주머니에 넣었다.

"너에게 안 좋은 기억을 남겨 준 것 같아서 일부러 여기서 만나자고 한 거야. 춥지는 않아?"

"장소는 상관없어. 널 다시 만나게 된 것만으로도 기뻐. 그리고, 춥지 않아."

"그래? 예전보다도 더 예뻐진 것 같아."

"정말?"

"응. 얼굴이 너무 밝아서 놀랐어. 날 못 만나도 아무 상관없었던 것 아니야?"

"아니. 너에게 연락받기 전까지는 꼴이 말이 아니었어."

"그러면, 이틀 만에 이렇게 모습이 바뀌었단 말이야?"

"응. 맞아."

예린은 장난스럽게 대답했다. 준규도 옷차림이나 머리 모양에 꽤 신경을 쓴 느낌이었다.

"오늘은 너도 꽤 멋있는데?"

"신경 좀 썼지. 여기 오기 전에 미용실에도 들렀다 온 거야."

"어쩐지. 그랬구나."

준규는 예린의 손을 붙잡은 채로 물었다.

"우리, 예전으로 돌아갈 수 있는 거지?"

"응, 그럼. 당연하지."

"난 네가 화가 나서 날 안 받아주면 어떡하나 걱정했거든. 우리 예전처럼 데이트하고 맛있는 것도 많이 먹고, 여행도 같이 가자."

"물론이지."

준규와 다시 만나서 그렇게 손을 붙잡고 있으니까 행복했다. 한 달이 아니라 계속 이렇게 만날 수 있으면 얼마나 좋을까 하는 욕심이 생기기도 했다.

'이렇게 다시 만난 것도 기적 같은 일이야. 이 시간을 최대한 행복하게 누릴 거야.'

"예린아, 어디로 갈까?"

"네가 가고 싶은 데로 가자. 그런데, 아무거나 먹을 수 있는 거야?"

"응. 이제 다 나았다니까."

"그럼, 뭘 좀 먹자. 난 지금 배고파서 뭐든 다 먹을 수 있을 것 같아."

"전에 갔던 오코노미야키 어때?"

"난 좋아!"

예린은 준규와 함께 전에 갔던 일본식 음식점으로 갔다. 크리스마스이브라서 어느 가게든지 사람이 다 많았지만, 오코노미야키를 파는 집은 정말 줄이 길었다.

준규가 긴 대기 줄을 가리키면서 물었다.

"기다려도 괜찮아?"

"기다리지 뭐. 이 동네는 웨이팅 앱 안 되는 음식점이 많은데, 오늘 같은 날은 더 그러겠지."

앞에 줄 서 있는 대기자만 해도 스무 명은 넘어 보였고, 준규와 예린도 이름을 써넣고 대기했다. 예린은 전에도 준규와 함께 맛집과 예쁜 카페를 찾아다니면서 데이트했던 일이 기억났다.

"뭘 그렇게 생각해?"

준규의 질문에 예린이 대답했다.

"이렇게 줄 서 있으니까 예전 생각이 나서."

"하긴 우리 맛집 엄청나게 찾아다녔지. 그리고, 네가 예쁜 카페를 좋아해서 연남동의 예쁜 카페도 여러 곳 가 봤었지."

"성수동에 예쁜 카페도 많이 갔잖아?"

"맞아. 그랬지. 꿈만 같다."

"나도 마찬가지야. 사실 친구들에게 수소문해서 네가 혈액암 투병 중이라는 사실을 알게 되었거든."

"태성이한테 들었어. 너한테 연락이 왔었다고. 완치는커녕 죽을 날만 생각하고 있었는데, 사실은 지금도 믿을 수가 없어. 완전히 완치 판정을 받은 건 아니지만, 판정받고 나니까 네가 가장 먼저 생각나더라. 그래서 바로 연락한 거야."

이런저런 얘기를 하다 보니 차례가 되었고, 예린과 준규는 안내받은 테이블에 자리를 잡았다. 그리고, 전에 함께 먹었던 오코노미야키와 야키소바를 주문했다.

웃으면서 식사하고 있으니까 조금도 어색하지가 않았다. 둘 사이에 마치 아무 일도 없었던 것처럼 누가 봐도 사이좋아 보이는 평범한 커플일 뿐이었다. 그들을 처음 본 사람은 짐작하지 못할 것이다. 준규는 불치병에 가까운 혈액암을 이겨내고 완치된 지 얼마 되지 않았고, 예린 또한 극심한 우울증과 공황장애로 힘겨운 시간을 보냈으리라는 것을 상상할 수 없을 만큼, 평온하고 행복해 보였다.

식사를 마치고나서 준규가 말했다.

"작년 크리스마스이브에 갔던 그 카페 갈래?"

"작년에 갔던 카페?"

예린은 1년 전에 갔던 카페가 생각났다. 2층으로 되어 있는 카페 입구에는 사람보다 더 큰 크리스마스트리가 놓여 있었다. 그리고 소망을 적은 쪽지를 트리에 메달 수 있게 이벤트를 했었다. 이번 크리스마스에도 이벤트를 하는지 궁금했다.

"네가 진짜 크리스마스 분위기 난다고 좋아했었잖아."

"기억나. 거기로 가자."

카페까지 10분 가까이 걸어야 했지만, 준규와 거리를 걷는 시간도 행복했다. 밤새도록 걸을 수 있을 것 같은 기분이었다.

"눈이다!"

누군가가 외쳤다. 한두 송이씩 떨어지던 눈송이는 순식간에 쏟아지기 시작했다. 거리를 함께 걷던 연인들은 눈이 내리자 마치 그 눈이 오직 자기들만을 위한 것인 양 기뻐했다.

"준규야, 눈이야!"

"오늘 눈 예보가 있었는데, 진짜 눈이네."

"그래, 화이트 크리스마스야."

예린은 눈이 자신과 준규를 위한 선물인 것 같았다. 준규와 함께 손을 잡고 걷다 보니까 카페가 눈에 띄었다.

카페 입구에는 놓여 있던 크리스마스트리는 작년보다 더 화려하게 알록달록한 불빛들이 별처럼 빛나고 있었다.

"와, 예쁘다!"

예린은 자신도 모르게 소리를 냈다. 먼저 도착한 커플들은 크리스마스트리 앞에서 사진을 찍고 있었다.

1년 전, 크리스마스이브 때도 예린은 준규와 홍대 근처에서 데이트했었다. 그리고, 오코노미야키와 야키소바로 저녁 식사를 하고 지금, 이 카페에서 한참 동안 웃음꽃을 피웠었다. 그날은 날씨가 춥고 바람도 많이 불어서 많이 걸어 다니지 않고, 카페 안에서 몇 시간 동안 앉아 있었다.

"우리도 여기서 사진 찍자."

예린은 사진을 찍자며 준규의 손을 잡아끌었다. 그러고는 트리 앞에서 자세를 바꿔가며 사진을 몇 장 찍었다. 카페 1층에는 크리스마스이브를 즐기러 온 사람들로 자리가 몇 석 없었다.

"난 자리 잡고 올 테니까 메뉴 고르고 있어."

준규는 2층에 올라가 보았다. 다행히도 가운데쯤에 2인용 테이블 빈자리가 있었다. 준규는 가방을 놓고는 다시 1층으로 내려갔다.

"2층에 올라가면 내 가방 보일 거야. 주문한 건 내가 가지고 올라갈 테니까 가서 앉아 있어."

"응, 고마워."

준규의 배려심은 예전이나 지금이나 변함이 없었다. 예린은 자리에 앉아서 준규가 오기를 기다리면서 통유리 밖으로 보이는 풍경을 바라보았다. 거리에는 사람들로 가득했고, 하얀 눈이 계속해서 내리고 있었다.

앱으로 날씨를 확인해 보니 눈은 밤늦게 그쳤다가 크리스마스인 당일에 다시 내릴 예정이라고 되어 있었다. 완연한 크리스마스인 셈이다.

예린은 준규를 기다리고 있으면서 이 시간이 꿈만 같다는 생각이 들었다. 준규를 다시 만나다니. 다시는 만날 수 없을 줄 알았는데…….

오렌지 폰과 라파 앱의 도움으로 우울증과 공황장애를 이겨냈다. 두 명의 마음 아픈 사람을 돕는 미션을 잘 수행해 냈기 때문에 보상으로 준규를 다시 만날수 있게 되었다. 행복함과 동시에 단 한 달의 시간이 주어졌다는 사실이 슬프기도 했다.

'왜 이렇게 안 오지? 손님이 많아서 그런가?'

예린은 혼자 기다리고 있을 준규를 생각하니 미안한 마음에 내려가서 함께 기다릴까 하는 생각을 하면서 일어나려고 했다.

"잠깐 앉아도 될까요?"

예린이 일어나려다 말고 고개를 들어보니, 라파에루가 눈앞에 있었다. 예린은 놀라서 물었다.

"라파에루 님. 어떻게 여기에……."

"준규 님과 다시 만난 것을 축하해요. 기분이 어때요?"

"준규가 내 옆에 있는데도 믿어지지 않아요."

"행복해 보이네요. 당연히 그러시겠죠."

"이렇게 준규를 다시 만난 것도, 한 달 후면 이 시간이 사라진다는 것도 현실 같지 않아요. 아, 오늘이 12월 24일이니까 한 달 후면……."

라파에루는 예린이 무엇을 물어보려고 하는지 눈치채고 바로 대답해 주었다.

"준규 님과 다시 만난 날부터 시간이 주어지는 거니까 오늘부터 내년 1월 23일까지입니다. 1월 24일 12시가 되면 준규 님의 기억 속에서 예린 님에 대한 모든 기억이 지워질 거예요."

"정말 저와 함께 한 모든 기억이 지워지나요? 처음 만났던 때부터 모든 기억까지요?"

"네. 준규 님은 예린 님 자체를 기억하지 못할 거예요. 그게 두 분에게 정해져 있는 운명이에요. 한 달의 짧은 시간이지만, 그래도 예린 님에 대한 보상이니까 즐거운 추억을 많이 쌓으세요. 예린 님의 기억 속에는 모든 추억이 남아 있을 테니까요. 준규 님이 곧 오실 거예요. 저는 이만……."

그렇게 말하고는 라파에루는 자리에서 일어나 1층으로 내려갔다. 예린은 라파에루의 뒷모습을 보면서 생각했다.

사랑하는 사람의 기억 속에 내가 존재하지 않는데, 나 혼자만 사랑하는 사람을 기억하는 게 의미가 있을까 하는 생각이 들었다.

그때 준규가 예린이 주문한 커피를 내밀면서 말했다.

"손님이 너무 많아서 오래 기다렸어."

"미안해. 같이 기다릴걸."

"무슨 말이야? 추우니까 어서 마셔. 몸이 따뜻해질 거야."

차를 마시면서 준규와 예린은 잠시 동안 아무 말 없이 통유리로 된 창밖을 내다보았다. 이렇게 함께 있기만 해도 정말 좋았다. 그런데, 또 한 번의 시한부 인생을 맞이하는 것 같은 느낌이 들었다.

'사랑하는 사람의 기억 속에서 나의 존재가 사라진다는 것은 어떤 것일까?'

다른 것은 모두 기억하는데, 오직 예린과의 기억만 모두 지워진다는 것은 무척 서글픈 일일 거라는 생각이 들었다.

"무슨 생각을 그렇게 하고 있어?"

준규가 묻자, 예린은 아무것도 아니라는 듯 대답했다.

"그냥 눈 내리는 게 예쁘다고 생각하고 있었어."

"그게 아닌 것 같은데? 걱정에 가득 찬 얼굴 같아 보이는데? 오늘 다시 만나서 엄청 기뻐할 줄 알았는데……."

"당연히 엄청 기쁘지. 믿을 수 없을 만큼 행복해서 이 행복을 누군가가 빼앗아 가 버릴 것 같은 기분이 들었어."

준규는 예린의 손을 붙잡으면서 안심시키듯이 말했다.

"이젠 그 누구도 우리의 행복을 빼앗아 갈 수 없을 테니까 걱정하지 마. 네가 웃는 모습을 보고 싶어."

준규의 말에 예린은 웃으면서 대답했다.

"그렇지? 아무도 우리의 행복을 빼앗아 갈 수 없겠지?"

말은 그렇게 했지만, 행복한 순간의 결말이 어떻게 될 것인지를 알고 있기에 마음 깊은 곳에 있는 공허함을 감출 수는 없었다. 카페가 영업을 마칠 시간이 되자 준규는 예린에게 말했다.

"이제 어디로 갈까?"

"글쎄."

카페 밖으로 나오면서 준규가 말했다.

"크리스마스이브니까 밤새 영업을 하는 곳이 많을 거야. 그러니까 어디든지 가자."

"집에 안 들어가고?"

예린의 말에 준규가 예린의 손을 꼭 붙잡으면서 대답했다.

"오늘은 너를 절대로 그냥 보낼 수 없어."

18

예린은 준규의 얼굴을 물끄러미 바라보면서 대답했다.

"너 완치 판정을 받은 지 얼마 안 됐어. 아니, 완치 판정 받자마자 쉬지도 않고 외출한 거야. 이제 밤이 깊어지면 날씨도 쌀쌀해지니까 오늘은 무리하지 않는 게 좋을 것 같아."

"그렇지만 난 너와 함께 크리스마스를 맞이하고 싶어. 그리고……"

준규는 예린의 눈을 똑바로 보면서 다시 말했다.

"너하고 헤어지고 싶지도 않아."

헤어지고 싶지 않다는 준규의 말에 예린은 갑자기 눈물이 나려고 했다. 준규는 단지 지금, 이 순간에 헤어지고 싶지 않다는 말한 것이지만, 예린에게는 다른 의미로 다가왔다.

'그래. 헤어지고 싶지 않아. 언제까지나 이렇게 서로 마주 보면서 많은 시간을 함께 보낼 수 있으면 좋겠어. 간절한 마음으로 그리워하다가 만났는데…… 이 순간을 얼마나 기다렸는데…… 한 달 후에 모든 것이 끝난다니, 준규의 기억에서 내가 잊히게 된다니…… 너무 가혹해.'

예린은 그런 생각이 들면서도 한편으로는 사람의 마음이 참 간사하다는 생각도 들었다. 단 한 번만이라도 준규와 다시 만날 수 있으면 소원이 없겠다는 생각을 해 놓고, 무려 한 달이라는 시간이 주어졌는데도 가혹하다는 생각이 드는 것이 우습기도 했다. 그래, 인간의 욕심이라는 것은 끝이 없는 것이니까.

"예린아, 추우면 어디 들어가 있을래? 문 연 가게가 많이 있는데……."

준규가 불이 환하게 켜져 있는 가게들을 가리키면서 말했다. 그러나, 그렇게 말하는 준규가 추위를 느끼는 것 같았다.

'아무리 완치되었다지만 무리해서 밤새거나 추위에 떨면 또 탈이 날지도 몰라.'

예린은 마음속으로 생각하면서 대답했다.

"추우니까 집에 가서 쉬고 싶어. 집 앞까지 데려다줄래?"

크리스마스이브라 늦게까지 지하철을 운행한다고 해도 예린을 데려다 주고, 준규가 집으로 돌아가려면 지금쯤은 출발해야 했다.

준규는 아쉬운 표정으로 대답했다.

"너랑 밤새도록 얘기하고 싶은데, 컨디션이 별로 안 좋은가 보구나."

"미안해. 꼭 내가 아팠던 사람 같네."

"괜찮아. 매일매일 만나면 되잖아."

"매일매일?"

"응. 내일도 같이 저녁 먹자. 크리스마스이브에 만난 것도 좋은데 크리스마스도 너와 함께하고 싶어. 아니, 오랫동안 못 만났으니까, 너만 괜찮다면 난 매일 만나고 싶어."

예린은 준규가 먼저 그렇게 말해 주어서 무척 기뻤다. 예린이 하고 싶었던 말이기 때문이었다.

"좋아. 그러면 오늘을 시작으로 앞으로 한 달 동안만 날마다 만날래?"

"정말? 시간 괜찮은 거야?"

"괜찮아. 지금은 휴학 중이기도 하고 방학 기간이니까. 다음 학기에는 복학할 거라서 2월부터 알바도 하고 복학 준비 하면 될 것 같아."

준규는 예린의 말에 무척 기쁜 얼굴로 말했다.

"그러면 오늘부터 한 달 동안 너하고 헤어질 때 날마다 집까지 데려다줄게."

"날마다? 너무 무리하는 거 아니야?"

"전혀 무리하는 거 아니야. 그리고, 한 달 후에는 하루 종일, 아니 밤새도록 너와 함께 있고 싶어."

예린이 준규를 물끄러미 바라보자, 준규가 당황한 듯 횡설수설 대답했다.

"아니, 다른 뜻이 있어서 그런 게 아니라 밤새도록 새벽이 될 때까지 너하고 함께 얘기하고 싶다는 뜻이야. 이 근처에 공원도 있고, 날씨가 추우면 24시간 영업하는 만화 카페도 있으니까."

"그래. 그렇게 하자."

예린은 준규와 지하철을 타고 집 쪽으로 향했다. 그리고 지하철역에서 내려서 집으로 가는 골목으로 접어들자, 예린은 준규의 팔짱을 끼며 몸을 밀착했다.

전에도 데이트할 때 손을 잡은 적은 있지만, 팔짱을 낀 적은 처음이기 때문에 준규는 어색해하면서도 기뻐하는 목소리로 말했다.

"기분 좋긴 한데 예린이 너 같지가 않아. 팔짱 껴준 거, 처음인 것 같아."

예린은 아무렇지도 않게 대답했다.

"네가 아파서 치료받는 바람에 몇 달 동안 못 만났지만, 그래도 처음 사귄 날짜로부터 따지면 꽤 오래됐잖아."

"그런가?"

준규는 싫지 않은 표정으로 대답했다. 집까지 가는 길은 시간이 무척이나 빨리 지나가는 느낌이었다. 어느새 예린의 집 앞에 이르자, 예린은 준규의 팔에서 자신의 팔을 살짝 빼면서 말했다.

"데려다줘서 고마워."

준규는 뭔가 아쉬운 듯이 말했다.

"내일…… 또 만날 수 있는 거지?"

"당연하지. 내일도 오후 5시에 같은 장소에서 만날까?"

"응, 좋아."

"내일은 내가 저녁 사 줄게."

"그러지 않아도 되는데……."

"오늘도 저녁 잘 먹었어. 고마워."

예린은 그렇게 말하고는 준규의 뺨에 살짝 입을 맞췄다. 그러고는 손을 흔들면서 말했다.

"조심해서 가. 내일 만나자."

준규는 한참 동안 자리에서 움직이지 않고, 손을 흔들고 있는 예린을 바라보고 있었다. 예린도 한참 동안 준규를 응시하고 있다가 집으로 들어갔다.

집에 들어 온 예린은 침대 위에 털썩 앉았다. 꿈에 그리던 준규를 오랜만에 만나서 기쁘기도 하면서도 마음이 무겁기도 했다.

'한 달 후면 나는 준규에게서 잊혀져.'

준규에게서 자신에 대한 모든 기억이 사라져도 살릴 수 있다면 상관없다고 생각했다. 하지만 준규를 만나고 나니 그 사실이 마음 아프기도 하고 서글퍼서 눈물이 났다. 실컷 울고 난 예린은 한 달 동안 준규와 만나기로 한 그 귀중한 시간을 헛되이 보내지 않겠다고 다짐했다.

비록 준규는 예린을 기억하지 못한다 해도 예린은 준규와 함께했던 기억을 하나라도 더 남기고 싶었다.

'추억을 최대한 많이 남기자. 기억할 수 있게 사진과 영상도 많이 찍고, 스티커 사진도 많이 찍자.'

데이트 비용을 준규에게만 부담하게 할 수는 없었다. 게다가 준규는 혈액암 치료를 받느라 경제적으로 어려움을 겪을 가능성이 높았고, 집안 사정도 어려워졌을 수도 있다.

'내가 모아 놓은 돈은 데이트 비용으로 쓰고도 부족하지 않을 거야.'

예린은 다음 날 오후 5시에 홍대 상상마당 앞에서 만났다. 크리스마스 당일에 눈이 내리지는 않았지만, 전날 내린 눈으로 거리는 온통 하얀 눈으로 덮여 있었다. 화이트 크리스마스를 즐기려는 많은 커플은 곳곳에서 행복한 시간을 보내고 있었다.

예린은 준규와 만나서 하이 파이브를 했다. 되도록이면 준규가 먹고 싶어 하는 것을 사 주고 싶었다.

"준규야, 배고프지 않아?"

"응. 오늘 너랑 저녁 맛있게 먹으려고 점심 안 먹고 왔더니 배가 너무 고파."

"저녁부터 먹어야겠네. 뭐 먹고 싶어?"

"파스타 먹을까? 너도 좋아하니까."

"좋아."

홍대 부근에는 전에 준규와 여러 번 갔던 파스타 맛집을 찾아갔다. 30분 정도 기다리긴 했지만, 운 좋게 창가 쪽에 자리를 잡았다. 밖에는 눈이 내리고 있었다. 준규가 눈이 내리는 모습을 보면서 말했다.

"오늘도 눈이 오네. 너와 다시 만난 걸 하늘도 축하해 주는 것 같아."

"그럴지도 모르지. 크리스마스 분위기가 나서 좋아."

"예린아. 저녁 먹고 나서 뭐할까?"

"스티커 사진 찍으러 가자. 너하고 만날 때마다 하루에 한 번씩 찍을 거야."

"어, 네가 좋다면 나도 좋아."

"잠깐만."

예린은 준규 옆자리로 옮겨 핸드폰 카메라 앱을 열고 셀카 모드로 바꾼 후 준규와 자신의 얼굴이 나오게 했다.

"우리가 한 달 동안 매일매일 만나기로 했잖아. 추억도 만들고 기록하게 하려면 만날 때마다 셀카도 영상도 많이 찍자. 스티커 사진도 매일 찍자. 자, 여기 보고 웃어 봐."

그 후, 예린과 준규는 정말 하루도 빠짐없이 만났다. 맛집 순례와 함께 예쁜 카페를 찾아가는 일도 하루의 일과처럼 빠뜨리지 않았다. 찾아간 장소며 먹었던 음식 등은 날마다 사진과 영상으로 남겼다.

예린이 음식값을 계산하려 할 때 준규는 부모님이 보험 들어놓은 것이 있어서 경제적으로 어려워지지는 않았다고 하며 거의 절반 정도의 데이트 비용은 부담했다.

어느새 새해가 되었고, 시간은 바람처럼 빠르게 지나 마침내 1월 23일이 되었다. 준규와 함께 있을 수 있는 마지막 날이었다. 그날은 오후 이른 시간에 준규와 만났다.

"1월 말까지는 날마다 계속 만나면 안 될까?"

준규의 말에 예린이 대답했다.

"날마다 보는데 지겹지도 않아?"

"아니, 벌써 지겨우면 안 되지. 나중에 날마다 같은 집에서 얼굴 보면서 살아야 할 순간이 머지않아······."

"무슨 소리야? 지금 우리가 몇 살인데······."

예린은 웃으면서 말했지만, 마음이 공허했다. 준규와 예린이 같은 집에서 사는 미래는 찾아오지 않을 것이다. 내일이면 자신은 준규의 기억에서 완전히 사라질 것이다.

예린은 간신히 마음을 추스르면서 대답했다.

"내일부터 일주일 동안은 갈 데도 있고, 내가 좀 바빠."

"그러면 일주일 후에야 다시 만날 수 있는 거야?"

"응. 아마도······."

준규는 무척이나 아쉬운 얼굴로 말했다.

"그동안 매일 봐서 좋았는데, 일주일을 어떻게 기다려?"

'준규야! 기다릴 필요 없어.'

예린은 투정 부리는 준규를 보며 쓴웃음을 지었다. 준규와의 마지막 날도 시간은 금세 지나서 밤이 되었다. 준규는 예린에게 말했다.

"일주일 동안 못 보니까 오늘이 만화 카페에서 책 읽으면서 밤새는 거 어때?"

"나도 그러고 싶지만, 밤새우는 것은 무리야. 그 대신 12시까지 함께 있을게."

12시가 되면 자신에 대한 기억은 사라질 것이다. 그러면 마치 남남이 된 것처럼 헤어지면 될 것이다.

예린은 저녁을 함께 먹고, 연남동에 있는 예쁜 카페에 가서 시간을 보냈다. 겨울이라 그런지 테라스에는 아무도 없었다. 그리고, 특이하게 1층에 출입구 밖에도 움푹 들어간 테이블과 의자가 몇 개 있었다. 겨울밤인데도 바람도 전혀 불지 않았고, 날씨가 전혀 춥지 않게 느껴졌다.

준규가 예린에게 물었다.

"오늘 12시까지 함께 있을 수 있다고 했지?"

"응."

"오늘 춥지 않은 것 같은데, 카페 매니저에게 물어봐서 괜찮다고 하면 저 테이블에 앉을래? 만화 카페에 가도 되지만 12시까지 시간도 좀 있고, 사람들이 별로 없는 곳에서 둘이 있고 싶어."

"난 춥지는 않으니까 괜찮아."

"기다려봐."

준규는 카페 주인에게 가서 물어보고 오더니 예린에게 다가와서 말했다.

"테이블에 앉아도 괜찮대."

"그럼, 저기 앉아 있자."

준규는 무릎 덮개를 가져와 예린의 무릎에 덮어주었다. 예린은 준규의 어깨에 기대었다.

'준규와 함께하는 행복한 시간이 얼마 안 남았구나.'

시간은 화살처럼 빠르게 흘러가고 있었다. 사랑했던 사람과 상관없는 사람으로 살아가야 하는 것은 고통스러운 일이지만, 예린으로서는 받아들일 수밖에 없는 숙명이었다.

'그래. 기대하지 않았던 준규와 함께한 한 달의 시간이 선

물이라고 생각하자.'

 날짜가 바뀐 후에 그래도 혹시 준규가 기억해 주길 바라면서 예린은 준규와 함께 찍은 사진과 영상 중에서 보내지 않은 것을 찾아서 모두 준규의 핸드폰으로 보냈다.

 밤 12시가 가까워지고 있었다.

 "너와 밤새도록 함께 있고 싶었는데……"

 "그건 다음에 또 기회가 있을 거야."

 "예린아."

 "응?"

 "치료받으면서 매일매일 네 생각을 했어. 그리고, 너와 다시 만날 날이 오기만을 기다렸어."

 예린만 혼자서 그랬던 것이 아니라 준규도 그랬던 것이었다. 준규의 입술이 예린에게 포개졌다. 두 사람은 긴 입맞춤을 했다. 손을 꼭 잡고 있던 준규가 자리에서 일어나더니 말했다.

 "잠깐 화장실 좀 다녀올게."

 시간을 확인해 보니, 12시가 되려면 약 7분이 남아 있었다.

"조금 있다가 가면 안 될까?"

"금방 다녀올게. 빨리 올 테니까 조금만 기다려."

단 1분의 시간도 놓치고 싶지 않았다. 잠시 후, 준규는 예린과 있던 테이블에 왔지만, 예린의 모습은 보이지 않았다.

'뭐야? 그 사이에 어디 간 거지?'

준규는 아무도 지나다니지 않는 카페거리 골목길에서 큰 소리로 외쳤다.

"예린아! 예린아!"

아무리 큰 소리로 불러도 예린은 대답하지 않았다. 준규는 다급해진 마음으로 전화를 했다. 몇 번을 걸어봐도 전원이 꺼져 있다는 멘트만 나올 뿐이었다.

"예린아. 도대체 어디 간 거야?"

그렇게 혼잣말로 말하고는 멍하니 서 있었다. 12시가 되기 1분 전이었다.

길 것만 같았던 겨울도 끝나고 봄이 찾아왔다. 3월인데도 쌀쌀한 날씨가 꽤 오래갔다. 4월 초에 벚꽃이 피기 시작하면서 완연한 봄 냄새가 났다.

예린은 상담학 강의를 듣고 나왔다. 학과 친구 중 민혜가 다가와서 물었다.

"어디가?"

"점심 먹으러 가려고."

"그럼, 같이 먹자. 학식 먹을 거야?"

"아직 생각해 본 건 아닌데 어디에서 먹어도 상관없어."

"그럼, 학교 밖으로 나가자. 그런데 너 상담학 수업 때 보니까 엄청 진지하게 듣더라."

"응. 복수 전공으로 상담 심리 같은 걸 해 볼까 생각 중이야. 대학원에 가서 상담 심리를 전공하는 방법도 있고."

"그래? 심리 치료 상담사 같은 거 생각하고 있는 거야?"

"응. 마음이 아픈 사람이 너무 많이 있는 것 같아서."

"그럼, 나부터 치료해 주라. 남친과 헤어지고 나서 심리적으로 피폐해진 것 같아."

"얼굴을 보니까 그렇지 않은 것 같은데?"

"헤헤. 지금은 좀 나아진 거지. 뭐, 하긴 더 좋은 사람도 만날 수도 있으니까."

"넌 생각이 긍정적이라서 굳이 치료가 필요하지 않아."

"그래?"

"응. 마음을 치유해 주어야 하는 사람은 부정적이고, 우울하고, 자신을 내버려두는 그런 사람들이니까."

예린은 라파에루가 준 미션으로 다른 사람의 마음이 치유되도록 도와주는 과정에서 자신의 마음도 완전히 치유되었다는 생각이 들었다.

날씨가 점점 더 따뜻해지자, 예린은 홍대 상상마당으로 갔다. 특별한 계획 없이 그냥 거리를 지나다니는 사람들의 표정을 보면서 따스한 햇볕도 쬐고 싶기 때문이었다.

예린은 잠시 걸음을 멈추고 지난겨울, 준규와 마지막으로 만났던 날, 오렌지 폰에 메시지를 다시 한번 읽어 보았다.

< 이예린 님의 멘탈 스탯은 100입니다.

예린 님으로 인해 두 명의 영혼을 살릴 수 있었습니다.

자신을 칭찬해 주세요. >

'어? 드디어 100이 되었구나!'

생각해 보니까 혜율과 민진 외에 준규도 예린 덕분에 살아난 셈이기 때문에 이런 메시지가 온 것 같았다.

'준규를 계속 만날 수 있으면 좋겠지만, 그래도 살아났으니까……'

덤덤했던 마음과 달리 예린의 눈에서 눈물이 흘러내렸다. 저만치 티셔츠와 청바지를 입고 벤치에 앉아 있는 남자의 뒷모습이 눈에 띄었다. 깊은 생각에 빠져 있는 것 같기도 하고, 실연당한 사람 같아 보이기도 했다. 예린은 마음에 깊은 상처를 입은 사람이라는 느낌이 들었다. 그런데, 뒷모습이 낯이 익었고, 준규와 닮았다는 걸 깨달았다.

'그래, 내 기억 속에서는 아무것도 지워진 것이 없어. 모든 기억이 고스란히 다 남아 있어.'

그렇게 생각하면서 발걸음을 돌리려고 하는데, 뒤에서 누군가의 목소리가 들렸다.

"저, 잠깐만요."

설마 하는 마음에 고개를 돌려서 바라보니, 낯이 익은 뒷모습은 역시 준규였다.

"제가 조금 전에 그쪽을 우연히 보게 되었는데, 혹시 우리 어디선가 만나지 않았나요?"

"저하고요?"

"네. 너무 낯이 익어서요."

예린은 너무 놀라 말을 잇지 못했다. 준규가 날 알아본 걸까? 도대체 어떻게 된 일일까?

"저, 스토킹을 한다든지 그런 이상한 사람 아니에요."

예린은 준규를 뚫어져라 바라봤다. 준규는 예린의 눈빛을 보면서 대답했다.

"이런 말 좀 이상하게 들리겠지만, 몇 달 전부터 저에게 아주 소중한 무언가를 잃어버린 듯한데, 기억하고 싶어도 기억이 나지 않는 거예요. 아까 그쪽 얼굴을 보는 순간, 지금 그냥 보내면 절대로 안 된다는 생각에 말 건 거예요."

"잠깐 제 얼굴을 봤을 뿐인 데도요?"

"네. 이유는 잘 모르겠는데 꼭 얘기해 보고 싶어서요. 괜찮으시다면 잠깐 시간 좀 내 주시면 안 될까요? 아니면 전번이라도 알려주시면 안 될까요?"

예린은 준규의 말을 듣고 한참 동안 생각하더니 대답했다.

"역시 그 말이 맞았네요."

"네? 그게 무슨……?"

"사람의 기억은 잊힌 듯 보여도, 소중한 기억은 무의식 속에 남아 있다고 하더라고요."

"무의식이요?"

"네. 그리고 만나야 할 사람은 반드시 만난다고 들었어요."

예린의 알 수 없는 말에 준규는 멍한 표정으로 예린을 보았다. 예린은 싱긋 웃음을 지었다. 4월의 따스한 햇살이 그들에게 내리쬐고 있었다.

초판 1쇄 발행 2025년 09월 01일
저자 | 유리나
발행처 | 와우라이프
발행인 | 임창섭
주소 | 경기도 파주시 송화로 13(아동동)
전화 | 010-3013-4997
팩스 | 031-941-0876
등록번호 | 제 406-2009-000095호
등록일자 | 2009년 12월 8일

ISBN 979-11-87847-22-9 (03810)

책값은 표지 뒤쪽에 있습니다.
파본 및 낙장은 구입하신 서점에서 교환하여 드립니다.

ⓒ유리나, 2025

이 책은 저작권법에 의해 보호를 받는 저작물로 무단 전재나 복제를 금지하며,
이 책 내용의 전부 또는 일부를 이용하려면 반드시 저작권자나 발행인의 서면동의를 받아야 합니다.